POUR
VOS CADEAUX

DU MÊME AUTEUR

LES CHAMPS D'HONNEUR, *roman,* 1990
DES HOMMES ILLUSTRES, *roman,* 1993
LE MONDE À PEU PRÈS, *roman,* 1996
LES TRÈS RICHES HEURES, 1997

Chez d'autres éditeurs

LE PALEO CIRCUS *(Flohic Éditions)*
ROMAN-CITÉ dans PROMENADE À LA VILLETTE (Cité des Sciences/Somogy)

JEAN ROUAUD

POUR
VOS CADEAUX

LES ÉDITIONS DE MINUIT

L'ÉDITION ORIGINALE DE CET OUVRAGE A ÉTÉ TIRÉE À QUATRE-VINGT-DIX-NEUF EXEMPLAIRES SUR VERGÉ DES PAPETERIES DE VIZILLE, NUMÉROTÉS DE 1 À 99 PLUS SEPT EXEMPLAIRES HORS COMMERCE NUMÉROTÉS DE H.-C. I À H.-C. VII

© 1998 by LES ÉDITIONS DE MINUIT
7, rue Bernard-Palissy, 75006 Paris

En application de la loi du 11 mars 1957, il est interdit de reproduire intégralement ou partiellement le présent ouvrage sans autorisation de l'éditeur ou du Centre français d'exploitation du droit de copie, 3, rue Hautefeuille, 75006 Paris.

ISBN 2-7073-1627-X

I

Elle ne lira pas ces lignes, la petite silhouette ombreuse, dont on s'étonnait qu'elle pût traverser trois livres sans donner de ses nouvelles – ou si peu, figuration muette, condamnée au silence par le ravissement brutal de l'époux et un chagrin si violent qu'elle crut qu'il aurait raison d'elle, de sa vie, un chagrin à couper le souffle, qui étouffe aussi sûrement qu'autrefois un oreiller appliqué sur le visage d'un enragé, ce dont s'accommodait même l'Eglise, pourtant tatillonne dès qu'il s'agit de décider à la place de Dieu du terme de la vie d'un homme, mais la souffrance des mordus était à ce point atroce que la parole divine était priée de mettre une sourdine à ses principes, et le regard divin de détourner un moment les yeux, le temps que le corps entré en agonie, hurlant, la bave aux lèvres, retrouve sous cet éteignoir de plumes la paix du sommeil le plus profond. Et qu'il fût définitif, ce n'était que la conséquence de l'attente vaine d'un signe de compassion dont on estimait en cette circonstance particulière qu'il eût été dans l'ordre de la charité qu'il se manifestât.

Elle ne lira pas ces lignes, notre enragée de mort et de

chagrin, et donc d'amour peut-être, victime d'une morsure d'amour, car, enfin, c'est la perte d'un homme qui la plonge dans cet état, et pas de n'importe quel homme comme tous les autres hommes, non, de son homme premier et dernier, le seul qu'elle ait accueilli en elle, celui avec lequel elle partagea l'intimité des corps. Même si Nine doute que notre mère fût une grande amoureuse, mais cela, on ne le sait pas, la nuit des amants réserve des surprises, et d'ailleurs c'est Nine encore qui raconte comment elle demandait à sa grande fille, quand elles dormaient ensemble, de lui tenir la main, comme faisait le disparu. Ainsi, elle avait besoin, avant d'affronter l'aveuglant sommeil, de ce réconfort, de cette assurance, ainsi que l'on s'assure en montagne, et donc, à la lumière de cet aveu tardif de Nine, longtemps refoulé car, ce que lui demandait notre mère, c'était de prendre littéralement la place du mort, voilà nos deux parents liés par les mains comme des encordés, et du coup l'on comprend que le premier à dévisser entraîne l'autre dans sa chute au cœur des ténèbres.

Elle ne lira pas ces lignes, bien sûr. Vous l'imaginez découvrant ces commentaires sur sa vie amoureuse ? C'est que vous ne l'avez pas connue. Ce n'est pas Heddy Lamar. Elle est celle à qui, jeune fille, un théologien sévère et sentencieux décommandait la lecture de Henry Bordeaux. Henry Bordeaux, le même, écrivain français (Thonon-les-Bains, 1870 – Paris 1963) qui « s'attacha à exalter l'ordre moral, incarné dans l'esprit de famille et dans une foi traditionnelle ». Et sans doute, à la lumière de cette note, le prélat censeur avait-il raison, mais on se dit que, pour la liberté de penser de notre maman, ce ne devait pas être tout rose. En quoi il n'y a pas lieu de s'étonner, quand on sait qu'elle est née en mil neuf cent vingt-deux, le cinq juillet, à Riaillé, Loire-Inférieure, c'est-à-dire dans ces terres de l'Ouest labourées par la Contre-Réforme, encore sous le choc des prônes menaçants de Louis-Marie Grignon-de-Montfort, lequel, s'il lutta férocement contre le jansénisme, n'encourageait pas pour autant à goûter aux plaisirs de la vie, et des régimes d'austérité du terrible abbé Rancé, celui dont Chateaubriand à la demande de son confesseur dut raconter la vie en rémission de ses péchés (ceux du vicomte), et qui s'installa quelque temps à l'abbaye voisine de La Meilleraye, le temps de mettre tout le monde au pas, avant de repartir serrer la vis ailleurs, en emportant ce qu'il faut bien appeler son doudou, puisqu'il la traînait partout : la tête coupée de son ancienne maîtresse. Mais si, comme en témoigne son attachement fétichiste à ses amours, la première partie de son existence avait été libertine, on ne retenait de son enseignement que la seconde, laquelle, hors la prière et la mortification, n'offrait pas beaucoup de perspectives. Ajoutez les hordes chouannes et les châtelains du bocage toujours aux commandes, et vous comprendrez que cet héritage rabat-joie augurait mal pour la débarquée du cinq juillet d'une vie d'aventures et de licence. Une double malchance, historique et géographique, atténuée cependant

par le fait que la naissance avait eu lieu au domicile d'Alfred
– tailleur (ce qui semble restrictif si l'on se réfère à l'entête de ses factures ainsi libellé : Draperie et Nouveautés pour habillements de toutes sortes – Bonneterie, Blancs, Mercerie, Toiles – Chapellerie – Atelier d'ouvriers tailleurs pour les vêtements sur mesure – Confections, Pantalons, Vestons et Gilets – Chemises blanches et Couleur gde Façon – Blouses divers – Articles à lits – Toiles à Moulin et Sacs à Blé – Confection de Bâches de toutes dimensions – Articles d'ouvriers) et n'ayant pas réussi pour lui-même à trancher entre les deux vies de Rancé puisqu'il fréquentait à la fois l'abbaye de la Meilleraye et l'île du Levant – et de Claire – femme énergique et pas le genre à perdre la tête (dont grand-père ne se fût sans doute pas encombré) –, qu'elle quitta pour épouser, le quatre juillet mil neuf cent quarante-six, Joseph Rouaud, dit le grand Joseph, notre père néguentropique et autres qualificatifs.

Lequel était né à Campbon, toujours Loire-Inférieure (devenue Atlantique à la fin des années cinquante, mais par commodité nous admettons que le changement de nom correspond à la mort dudit Joseph, laquelle, bien que plus tardive, fonctionne ainsi comme une borne, un point zéro qui détermine l'avant et l'après, de sorte que lorsqu'il est question de Loire-Inférieure il faut comprendre que notre père est vivant), le vingt-deux février mil neuf cent vingt-deux, ce qu'il résumait fièrement par 22-2-22, formule assez peu magique si l'on se fie à sa brève destinée, mais qui lui assure une curieuse survie puisque, plus de trente ans après sa mort, à quarante et un ans, un lendemain de Noël mil neuf cent soixante-trois, on peut l'admirer jeune homme, installé nonchalamment sur un canapé, les yeux rieurs derrière ses lunettes cerclées, cravaté, en costume trois-pièces, une cigarette à la main, le museau de son petit chien Rip, un ratier noir et blanc, amoureusement posé sur sa cuisse gauche, et ceci sur la quatrième de couverture d'un livre suédois intitulé « Stora Man ». Et si une diseuse de bonne aventure, plongée dans sa paume ouverte comme dans un roman, lui avait annoncé un étrange périple sur papier glacé dans le grand Nord, il eût sans doute hasardé, goguenard : Et du côté de l'empereur de Chine, rien pour moi ? S'attirant cette réplique de la voyante, refermant les doigts sur les lignes de sa main : Souviens-toi de la prédiction faite à la petite Joséphine dans son île : elle sera plus que reine.

Joseph, le trop tôt disparu, fils de Pierre, grossiste en vaisselle et articles de ménage, et d'Aline, commerçante, Joseph, qui, par le jeu des dates consécutives des quatre et cinq juillet, fut le premier à lui souhaiter, à Annick, notre mère qui ne lira pas ces lignes et que l'on croise sous le prénom d'Anne, son vingt-quatrième anniversaire, et de quelle manière, puisque au soir de leur mariage, passé minuit, ils étaient dans les bras l'un de l'autre. Et bien sûr on peut se demander s'ils avaient déjà couché ensemble avant cette nuit de noce, mais, si l'on en croit leur correspondance, du moins celle de notre père, la seule qui nous soit parvenue – sur papier bleu télégramme, et conservée dans une boîte laquée style nuit de Chine, dissimulée dans un tiroir de la grande armoire frappée des initiales entrelacées RC – pour Rouaud-Clergeau, nos grands-parents paternels –, aucune allusion, sinon qu'il a hâte d'arriver au mariage, qu'il compte les jours qui le séparent de sa future petite femme chérie, ce qui pourrait vouloir dire qu'il n'en peut plus d'attendre, mais pour ce qui est de déceler une pointe d'érotisme on reste sur notre faim, juste, au tout début de leur rencontre, l'évocation du premier baiser dont il semble avoir encore la saveur sur les lèvres au moment où il écrit, mais c'est maigre. D'autant qu'ensuite les formules tendres se font plus mécaniques. Souffle même, le temps de trois lettres, un petit vent de discorde alors qu'il est invité au bal de mariage d'un ami et qu'elle semble le lui reprocher – possibilité d'une rencontre ? –, au point qu'il capitule, entendu, comme elle voudra, il n'ira pas, bien qu'il lui en coûte d'annoncer à cet ami qu'il ne se réjouira pas avec lui de son bonheur du jour. Mais c'est bien elle, ce pouvoir à distance. Peut-être craignait-elle qu'il n'y retrouve sa première fiancée, continuons de l'appeler Emilienne, une vraie beauté blonde, épanouie, à côté de laquelle notre petite maman, époque Tanagra, ravissante et menue, certainement beaucoup moins familière des choses du sexe, craignait sans doute de ne pas faire le poids – et que le désir repoussé à la nuit promise ne flanche devant la belle opulente.

Mais c'est bien elle, un trait de son caractère, communément répandu, en fait, mais que les siens aillent selon son idée du droit chemin, sur lequel il n'est guère permis de folâtrer. Et pourtant, faut-il lui rappeler que le seize septembre mil neuf cent quarante-trois, à Nantes, elle fit l'école buissonnière et sécha son cours de comptabilité – et sans les bombardements funestes sous lesquels on déplora trois mille morts, ce jour-là, on n'en aurait jamais rien su, ce qui s'appelle, ce fâcheux concours de circonstance faisant intervenir rien moins qu'une guerre mondiale pour dénoncer cette légère incartade, jouer de malchance – pour assister à la projection du « Comte de Monte-Cristo » au cinéma Le Katorza, dont la salle fut pulvérisée par les forteresses volantes américaines, et elle à deux doigts d'y passer, ne devant son salut qu'à son cousin Marc (et non pas, comme précédemment affirmé, son cousin Freddy, qui disparut après avoir mis enceinte la femme d'un prisonnier de guerre, et mourut sur les routes allemandes, Marc m'envoyant un humble rectificatif : C'est moi qui ai sauvé ta mère, ce n'est pas Freddy), qui, après l'avoir perdue dans la panique suivant les premières explosions, la retrouve hagarde au milieu de la foule affolée, et l'entraîne dans un abri aménagé dans les caves du café Molière, place Graslin. Ainsi nous savions que nous étions des miraculés, que notre vie n'avait tenu qu'à la lucidité et au courage du cousin, et donc qu'elle commençait là, notre vie, à la sortie de l'abri, après que les sirènes eurent annoncé la fin de l'alerte, et que les emmurés eurent entamé la remontée hors de la cave par l'étroit escalier encombré dans sa partie supérieure de gravats et de moellons qu'il leur fallut dégager avant de retrouver l'air libre, et là, le choc, non pas devant les immeubles écroulés, les rues éventrées, mais devant la disparition des couleurs, une ville uniformément grise, comme si au lieu des bombes était tombée une pluie de cendres, de sorte que notre vie commençait là, dans ce monde de grisaille, pour lequel nous savions qu'il convenait d'apporter sa palette, comme en prévision d'un pique-nique on apporte son manger.

Et tout cela, ce prix exorbitant, pour les beaux yeux de Pierre-Richard Wilm (et non Pierre Blanchard, mais la confusion vient d'elle, ce qui laisse à penser qu'un tel traumatisme rend la mémoire confuse, ou simplement qu'elle préférait Pierre Blanchard à Pierre-Richard Wilm, et d'ailleurs on ne lui demande pas d'être la mémoire du cinéma, c'est son témoignage qui importe, et donc va pour Pierre Blanchard) dans le rôle de Monte-Cristo, film qu'elle ne vit qu'après la guerre, la séance ayant été brutalement interrompue par le hurlement des sirènes au moment du défilement du générique d'ouverture. Et quand il lui arrivait d'évoquer ce jeudi noir, outre cette pluie de cendres sur la ville, elle revenait inlassablement à ses pensées du moment dans l'abri alors qu'à chaque explosion la voûte au-dessus de leurs têtes tremblait de toutes ses pierres, libérant un peu de poussière sur ces prisonniers volontaires, et qu'elle se demandait si elle avait choisi le bon endroit, si le salut n'était pas plutôt à cet emplacement, là-bas, ou là, ou ici, et que la seule façon de le savoir était d'en sortir vivant, ce qui oblige donc de s'en remettre exclusivement au hasard, ou à la grâce de Dieu, ce qui implique, selon les options de chacun, d'avoir tiré un bon numéro à la loterie du vivant, ou d'être dans les petits papiers du Très-Haut. Mais prier, non, ça ne lui est pas venu à l'idée, alors que d'autres dans les mêmes circonstances récitent dans le désordre un acte de contrition, le bénédicité, et la liste des courses, ne se rendant compte de leur méprise qu'une fois le danger passé, au lieu qu'elle, cette seule interrogation : quelle est la place qui sauve ?

Mais peut-être était-ce une réflexion partagée par l'ensemble des occupants de la cave, laquelle vient naturellement à l'esprit dans ce genre de situation, alors qu'on pourrait s'attendre à rencontrer celui-là, par exemple, le fragile des nerfs, qui, où qu'il soit, dans un abri sous les bombes, dans un avion à dix mille mètres d'altitude ou dans un sous-marin en plongée, dès que les choses commencent à tourner mal, exige immédiatement de sortir. Mais sans doute n'avait-il pas trouvé l'entrée de la cave et devons-nous le compter parmi les trois mille victimes du jour, car elle s'en serait souvenu. On peut même, une histoire semblable se fût-elle produite, entendre son rire en la racontant, le rire d'Annick, un poème moqueur, trois doigts sur la bouche, comme pour étouffer poliment cette explosion joyeuse par un semblant de reproche, mais sans vraiment chercher à donner le change, un rire communicatif en dépit du fait qu'elle le réservait aux petits malheurs d'autrui (celui qui court après son bus, rate une marche, dérape sur des feuilles mortes), et aux grands malheurs aussi quand on se rappelle son retour d'une veillée funèbre où à la place de l'ancien comptable, étendu pour le compte sur sa couche, elle avait soudain vu, peut-être à la faveur de l'éclairage fluet et tremblotant des deux candélabres de chaque côté du défunt, Oliver Hardy. On peut donc comprendre qu'une sorte de clone du partenaire pansu du maigre Laurel déclenche un fou rire, et cela même devant son cadavre, mais du coup, par association, on se souvient aussi que, revenant de l'enterrement de sa mère, elle riait de la même façon, tandis que nous dînions tous ensemble dans la salle à manger, et que ce devait être une période de beaux jours, car la fenêtre était ouverte, qui donne sur la cour, même si, de là où nous sommes, il est difficile d'apercevoir l'état de la vigne vierge qui nous renseignerait sur la saison et dont les tiges sarmenteuses s'enroulent sur les fils tendus entre le mur de brique et le toit de la salle à manger, tissant l'été un plafond de verdure. Mais une atmosphère joyeuse pour ces retrouvailles impromptues, qui surprenait malgré tout, quand on y réfléchissait, car cette légèreté, son rire, cette absence apparente de chagrin, on avait beau se dire qu'elle avait, sa mère, quatre-vingt-quinze ans, et que sur la fin elle perdait la tête, inventant que l'aide-soignante l'empêchait de sortir danser le soir (baissant soudain la voix comme une petite fille livrant un secret pour demander à ses filles de vérifier derrière le radiateur mural si son cerbère ne s'y cachait pas), il s'agissait de sa mère, et une mère qui meurt, l'âge n'y fait rien, c'est une mère qui meurt, c'est le moule qui soudain se brise, et du coup on perd tout espoir de se voir offrir une seconde chance, on devient à ce moment véritablement une œuvre unique, numérotée, signée, et on découvre enfin que c'est sa vie que l'on joue, que toutes les ratures, tous les repentirs, les errata s'y inscrivent comme des balafres, qu'il n'y aura pas de mise au propre dans une vie future, pas de refonte, parce que la matrice n'est plus et qu'on devient soi-même l'original.

Mais visiblement cette disparition programmée ne l'affectait pas. Peut-être en raison de l'habituel vieux passif, sur lequel on glose beaucoup, des filles qui trouvent qu'elles auraient fait une meilleure épouse de leur père que leur mère, en quoi elles n'ont peut-être pas tort, mais ça pose des problèmes : remonter le temps, procéder à l'échange, et dans ce cas quoi faire de la mère ? Lui faire épouser à son tour son père ? et épouser Dieu, la toute première ? Heureusement, le plus souvent, ces rivalités passent avec le temps, les amours, les enfants, et l'on est ému de découvrir peu à peu en l'auteur de ses jours une somme de désirs, de renoncements, de passions, de réticence, de dons, tout ce qui fait la vie d'une femme, au lieu que la fibre maternelle, après tout, on n'est pas obligé de se forcer. Il semble en effet que grand-mère en mère n'était pas trop à son affaire. Volontaire, menant toute la maisonnée, généreuse, sa table toujours ouverte autour de laquelle se retrouvaient des amis surprenants pour un tailleur (des musiciens, le théologien censeur, un dominicain, un authentique étudiant chinois), mais emportée, brusque – comment, par exemple, elle se transperça la main en enfilant précipitamment une facture sur une pique de bureau –, peu câline, pas le genre à bercer un bébé dans ses bras, fredonner une chanson douce ou mitonner des petits plats – voir l'épisode de la chèvre de grand-père avec laquelle avaient joué ses enfants, lesquels, après s'être inquiétés de sa disparition et la reconnaissant dans les morceaux découpés et rôtis du menu du jour, refusèrent en hoquetant d'y toucher, prétextant, et grand-père lui-même, qu'ils n'avaient pas faim, sur quoi grand-mère empoignant le plat, allez ouste, à la poubelle –, et puis aussi, elle avait un handicap qui jouait contre elle, conséquence d'une déchirure provoquée par un accouchement difficile – peut-être notre maman bébé –, mais cette odeur des très vieux dans laquelle l'urine entre en bonne part, elle l'avait contractée assez jeune, ce qui indisposait ses enfants, peu enclins évidemment à se fourrer dans ses jupes, et c'est dans les jupes de Madeleine Paillusseau que se blottissait notre maman.

Madeleine Paillusseau, son nom toujours en entier, jamais son prénom seul, ou un diminutif qui l'eût immédiatement désignée, Mado, par exemple, qu'elle avait dû pourtant entendre petite ou dans la bouche d'un amoureux, mais non, son souvenir était passé en bloc, elle était Madeleine Paillusseau pour tous ceux qui l'avaient approchée. Et quand ils en parlaient, c'était comme s'ils évoquaient une incarnation de la douceur, de la bonté : Madeleine Paillusseau, comme une héroïne de roman naturaliste. Ce qu'elle était, au fond, c'est-à-dire la Félicité au cœur simple, qui entoure d'une affection sans limite les enfants d'une autre, de celle au service de laquelle elle voue sa vie, mieux qu'une mère, laquelle est toujours en mesure de reprocher un jour à sa progéniture son ingratitude, ou du moins un manque de reconnaissance, avec tout ce que j'ai fait pour vous, et même si ce n'est pas formulé ça reste toujours en suspens, au lieu qu'elle, la servante dévouée, elle se contentera d'être invitée au mariage de l'un de ses protégés, de recevoir au passage de l'année une petite carte de vœux, et bientôt plus de cartes du tout, car Madeleine Paillusseau, le visage de maman avait beau s'éclairer quand elle l'évoquait, elle a mis des années et des années avant de nous la présenter. Mais ce jour-là, toujours la même, prétendit-elle, inchangée, juste un peu rétrécie, mais maman n'en ayant pas profité pour grandir, s'étant même un peu tassée sous le poids du chagrin, le rapport de tailles était resté identique, et de toute manière, pour l'une et l'autre sous la toise, cela se jouait à quelques centimètres autour du mètre cinquante.

En fait, Madeleine Paillusseau avait quitté le service de la famille Brégeau pour se marier sur le tard avec un bon garçon qui ne la rendrait pas malheureuse, ce qui veut dire qu'il ne buvait pas, ne la battrait pas, et serait ravi d'avoir une femme à demeure pour lui faire la cuisine et repasser son linge. Et, pour ce qui est de la cuisine, nous pouvons affirmer qu'il dut se régaler, cet homme, car nous mangions la même chose. Ses talents de cuisinière, son tour de main, ce raffinement dans la présentation et la composition des plats, maman les tenait de Madeleine Paillusseau qui lui avait transmis son savoir-faire tandis que, petite, elle la suivait pas à pas dans la grande maison de Riaillé. L'art des sauces, l'emploi immodéré du beurre et de la crème, les rôtis dans le four patiemment arrosés avec le jus de cuisson, ce fut peut-être un peu trop lourd pour celui qui s'était contenté, sa vie de célibataire durant, de grignoter sur le coin d'une table. Cette surcharge finit par avoir raison de lui, de sorte que ce sont deux veuves qui se tombèrent dans les bras à l'enterrement de grand-père, à l'heure des condoléances.

Madeleine, oh Madeleine, sanglotait maman, en étreignant son amour de jeunesse, et pour une fois parfaitement juste dans son émotion, quand d'ordinaire elle avait plutôt tendance à forcer le trait, ce qui nous agaçait, même si nous ne doutions pas de la sincérité de ses sentiments, mais c'est une caractéristique que l'on retrouve chez ceux qui ont l'habitude de ne rien dévoiler d'eux-mêmes, ou du moins s'en persuadent, et qui, au moment de faire part de ce qu'ils ressentent, craignant de n'être pas suffisamment explicites et de demeurer incompris, faute de naturel, empruntent à la technique du mime ses expressions les plus appuyées, sourcils levés, front plissé, bouche en forme de croissant (cornes en haut pour la joie, en bas pour la tristesse), mouvement de recul d'une pièce d'artillerie pour dire l'effroi, et le tout à l'avenant. Notre maman-Deburau avait ainsi à son répertoire une façon bien à elle de remercier, qui l'obligeait à joindre le geste à la parole trop ténue, de son point de vue, d'un simple merci, étreignant par exemple vigoureusement les mains de cette dame qui nous apportait chaque dimanche des œufs de sa ferme, ce qui eût été sans conséquence – sa poigne ne cassait pas des noix – si au milieu de cet enchevêtrement de doigts elle n'avait discrètement glissé – car la discrétion est la première des vertus en ces contrées de l'ouest –, pour vos enfants, jugea-t-elle bon de préciser, un paquet de bonbons, lequel, ainsi comprimé, gonflait comme les joues d'un trompettiste de jazz avant, sous une ultime pression chargée de transmettre une reconnaissance infinie, d'exploser en projetant un feu d'artifice de douceurs sucrées à travers la cuisine.

Mais là, serrant Madeleine Paillusseau dans ses bras, elle était comme nous ne l'avions jamais connue, c'est-à-dire dans le tendre secret de son enfance, sans défense, oh Madeleine, et, par cet emploi du prénom seul, il nous semblait qu'il s'agissait d'une autre personne, de sorte qu'elle dut nous expliquer en nous la présentant qu'il s'agissait, je vous ai souvent parlé d'elle, de Madeleine Paillusseau. Alors là, bien sûr, dit comme ça, ça changeait tout. Ce qui changeait aussi, c'est qu'on l'aurait imaginée plus âgée, au lieu qu'on lui donnait une petite dizaine d'années de plus que maman, d'où l'on déduisait qu'elle ne devait pas être bien vieille au moment d'entrer au service de la famille Brégeau, mais c'était fréquent dans les campagnes, ce placement précoce des jeunes filles. D'ailleurs il suffit de se rappeler notre Marie-Antoinette qui n'avait que quinze ans lorsqu'elle s'installa chez nous, tout juste sortie de son village et de sa ferme d'une autre époque, au sol en terre battue, à l'eau au fond du puits dans la cour, à charge pour elle, à cet âge des rêveries adolescentes, d'assurer l'entretien de la maison, pour lequel maman dut lui enseigner patiemment les gestes les plus élémentaires qu'elle n'avait jamais vu faire, et de s'occuper de nous trois qui ne trouvions rien de mieux pour la taquiner que de soulever sa robe en ricanant. L'aveu n'est pas facile mais je nous revois dans l'allée du jardin sous la voûte en berceau, constellée de roses, de la tonnelle. En fait, Nine n'y était pas, qui avait dû prendre la défense de notre souffre-douleur et arrêté d'un je vais le dire à maman nos jeux cruels, car ils étaient cruels puisqu'elle pleurait, la toute jeune Marie-Antoinette, ce qui ne semblait pas, ses larmes, nous troubler. Et donc Madeleine Paillusseau devait n'être guère plus âgée à ses débuts dans la maison du tailleur, même si au regard de l'enfance la vieillesse commence très tôt. Pour une petite fille cela suffit, cette adolescence canonique, pour faire une maman de rechange, surtout quand l'autre, la génitrice, a la tête ailleurs.

On l'aurait imaginée aussi plus rondelette, comme une bonne fée de la Belle au bois dormant, robe bouffante et tablier blanc, ceinture nouée dans le dos, cette apparence d'édredon douillet qui donne envie d'y enfouir ses frayeurs enfantines, car le cerveau est ainsi fait qu'il associe la douceur aux courbes et la dureté aux angles, mais en fait elle était presque aussi menue que maman, si bien que cette relation filiale dont elle nous avait parlé se brouillait devant ces veuves jumelles enlacées qui communiaient dans le partage des mêmes douleurs. Annick, répondait en écho Madeleine, expliquant à présent qu'elle n'avait pu se déplacer pour l'enterrement de Joseph car son mari était à ce moment au plus mal, et d'ailleurs, après, ç'avait été très vite, et maman s'excusant de n'avoir pas été informée à temps du décès de celui-là qui n'avait pas rendu sa vieille amie malheureuse et qui, rien que pour cette raison, eût mérité une ultime visite. Elle avait pensé lui envoyer un petit mot, mais tu sais ce que c'est, il y avait toutes ces lettres de condoléances à laquelle elle avait dû répondre, et même pas à toutes, elle n'y arrivait plus, plus le goût à rien, comment fais-tu, toi, Madeleine ? Mais il y avait bien longtemps que Madeleine Paillusseau avait appris l'art de la résignation, ne connaissait rien d'autre, en fait. Oh moi, fit-elle, comme si sa personne ne comptait pas, puis retournant bien vite à celle dont le chagrin semblait lui importer davantage que le sien, mais heureusement tu as tes enfants. Et maman nous demandant d'approcher, nous présentant tous les trois, et au moment d'embrasser la Madeleine au doux cœur nous comprenons pourquoi notre maman préférait sa compagnie. Un nuage de violettes l'entoure, et délicatement elle nous tend sa joue poudrée. Seules ses mains qui se posent sur nos épaules pour nous attirer disent la somme phénoménale du travail accompli au cours de sa vie, les trente-cinq mille vaisselles, les milliers de chemises lavées, de draps, de serpillières essorées, les kilomètres carrés de sols astiqués, les plats sortis brûlants du four, les brosses, les balais, et c'est même étonnant qu'il lui reste des doigts quand on les imaginerait, à force, usés, érodés, rabotés. On devine qu'elle a un peu de mal à les déplier, à présent, mais pour elle l'heure des grands travaux est passée. S'il s'agit juste de laver un verre et une assiette, repriser un bas, planter un rosier, elle s'en accommodera.

En fait, elles sont trois veuves autour de la tombe ouverte où l'on s'apprête à descendre le cercueil, mais la troisième, bien que directement concernée par ce qui se passe, curieusement on en fait moins cas. C'est notre grand-mère à l'odeur repoussoir et au visage aussi ridé que celui de la princesse Angeline, la fille du chef Seattle, sur cette photo d'Edward S. Curtis, l'homme qui consacra trente ans de sa vie à sauver d'un des grands charniers de l'histoire les faces vaillantes des derniers princes des nations indiennes. Elle se tient un peu à l'écart de la tendre scène des retrouvailles entre sa fille et son succédané, s'affairant comme à son habitude au milieu d'un amoncellement de couronnes et de fleurs, invitant les uns et les autres à venir prendre un verre à la mémoire du défunt dans le jardin de leur ancienne maison, où une table a été dressée. De son chagrin, de son sentiment sur ce pan d'histoire qui s'achève, commencé cinquante-deux ans plus tôt, en mil neuf cent douze, l'année de ses vingt-cinq ans, puisque c'était notre repère pour retrouver son âge, elle ne laisse rien transparaître. Peut-être se débarrasse-t-on assez facilement d'une vie qui vous a été plus ou moins imposée, comme son mariage qui avait été arrangé par les deux familles soucieuses d'unir leurs commerces prospères. Du coup, les quatre maternités qui s'ensuivirent, il est difficile d'y voir le triomphe de l'amour, même si cette rudesse, cette brusquerie avec les enfants, il faut sans doute en chercher la cause plutôt du côté de son propre héritage maternel que de ces épousailles aux allures de fusion d'entreprises. Et donc, pendant tout ce temps, on prend son mal en patience, on ronge son frein, et, le moment de la délivrance venu, que l'on a plus ou moins rêvé toute sa vie durant, il semble, après les formalités d'usage, tristesse et deuil, qu'on pourra reprendre les choses là où on les avait laissées un demi-siècle plus tôt. Mais un coup d'œil dans un miroir et la réalité crue, l'apparition de la princesse Angeline, se charge de remiser les dernières illusions au rayon des regrets éternels. On peut imaginer aussi – car le décès subit de son gendre, quelques mois plus tôt, en a sonné plus d'un, et elle, sans doute au-delà de ce qu'elle a montré, qui, laissant sa maison, s'est précipitée au secours de sa fille, laquelle après quelques semaines de cohabitation difficile, préférant demeurer seule avec son chagrin, a renvoyé ses vieux parents chez eux – que la disparition d'un monsieur de soixante-seize ans, fût-il son époux, a quelque chose de plus naturel, marquant, somme toute, un retour à la norme qui permet de se dire qu'enfin le monde retrouve un peu de bon sens. En conséquence de quoi on ne va pas en faire toute une histoire.

Car tout se passe comme si notre père, par son départ précoce, à quarante et un ans, s'était arrangé pour conserver le leadership établi de son vivant. On croit en avoir fini avec le grand gêneur, celui qui fait de l'ombre, auprès duquel il est difficile de pousser, de se faire une place, après lequel il n'est pas commode de passer, et puis, ceux-là, de sa trempe, sont faits d'un tel matériau qu'ils trouvent encore moyen par leur mort de se distinguer. Pas aussi évident qu'on l'eût cru d'occuper le terrain laissé vacant par leur départ. Alors quoi ? se suicider à trente-cinq ans dans le simple but de leur voler la vedette en établissant un nouveau record de précocité mortelle ? Et sans garantie aucune, ce qui oblige à y réfléchir à deux fois au moment de mourir. Ainsi là, dans ce cimetière, des trois veuves, on voit bien que l'une l'est davantage, et donc que tous les morts ne se valent pas. Le mari de Madeleine Paillusseau ne lui a pas même laissé son nom, et le silence de grand-père l'avait déjà depuis longtemps consigné au royaume des absents. Et donc n'en reste qu'un, toujours le même.

Ou est-ce nous qui, obnubilés par ce qui nous est arrivé, ramenons tout à notre chagrin ? Notre maman devant la fosse ouverte où l'on descend maintenant cahin-caha le cercueil soutenu par deux cordes, dont le bois de chêne cogne contre les parois du caveau, il est plus vraisemblable que c'est à son père que s'adressent en cet instant ses larmes, et que c'est à tort que nous les confondons avec celles déjà versées. Peut-être qu'elle et Madeleine Paillusseau, au lieu de confronter leurs veuvages, se remémorent à mots codés les moments lointains partagés avec cet homme secret dont nous savons juste que sur la fin il fumait cigarette sur cigarette, dormait en conduisant et cachait sa réserve de bonbons sur la plus haute étagère du placard de la cuisine. Elle dit : Annick, et il conviendrait d'entendre : avec moi il fut toujours un homme loyal, prévenant, jamais un mot plus haut que l'autre, comme avec ses ouvrières, et d'ailleurs rappelle-toi, celle, la pauvre au visage pâle, qui toussait si fort qu'il l'envoya sur ses deniers – nous sommes avant l'été trente-six et pour les ouvriers on n'a encore rien prévu – dans un établissement du bord de mer qui ne put rien, hélas, pour sa tuberculose, mais il était ainsi, bien que n'en faisant jamais étalage, de sorte qu'au début on pouvait le trouver sévère, mais un signe qui ne trompe pas, elles chantaient, toute la journée, les ouvrières, dans l'atelier, où ton grand plaisir était de les rejoindre, de coudre au milieu d'elles tandis que lui, le maître tailleur, découpait les pièces de tissu, les épinglait sur un mannequin décapité et démembré aux hanches larges, moulé dans une toile chocolat, procédant silencieusement aux essayages, un bracelet piqué d'épingles à son avant-bras gauche, ajustant une manche, redessinant d'un coup de craie plate une encolure. Elle dit : Madeleine, et nous devrions comprendre qu'elle se souvient, que tout lui revient, les livraisons dans les fermes en sa compagnie d'où ils repartaient avec quelques provisions de bouche en échange d'une pièce de drap, voire avec une chèvre pour un troc plus important, les voyages à Nantes chez les grossistes et les particuliers, les longues tablées animées dans la grande salle à manger éclairée par de larges fenêtres – ce qui te fait combien de milliers de repas servis, Madeleine ? –, les soirées musicales, lui au violon ou au piano, composant avec ses amis un petit orchestre de chambre auquel il rêvait d'adjoindre ses trois filles et son fils à qui il faisait prendre aux unes des cours de piano, à l'autre de violoncelle, et comment il dut déchanter car aucun ne persévéra. Et c'est peut-être la raison de son silence, ce chant qu'il vit mourir sous les doigts malhabiles ou peu intéressés de ses enfants, qui lui resta en travers de la gorge et qui finit par l'étouffer, qui sait. Et puis tout ce que nous ne savons pas et qui se cache derrière cette remarque de Bernadette, dite Dédette, la plus jeune sœur : Annick, c'était sa favorite.

Ce qui n'a l'air de rien, ce soupçon de préférence, rien que de très banal dans l'histoire des familles, et l'on ne décèle pas même une pointe d'amertume dans l'aveu de la benjamine, la plus enjouée des sœurs, la plus délurée aussi, dont on sait qu'elle avait d'autres chats à fouetter, mais la conséquence de cette prédilection à demi affichée, c'est qu'elle donne en douce à notre mère un premier homme dans sa vie. Du coup, on y regarde à deux fois. Cette image d'elle dans sa jeunesse, répercutée à l'envi, d'Annick la discrète, la méticuleuse, qui confectionne de délicats chaussons en feutre, il convient d'y apporter quelques retouches. Car enfin, ses journées libres, c'est bien dans l'atelier paternel qu'elle choisit de les passer, et non dans le magasin, où elle ne met jamais les pieds. On la reconnaît sans peine au milieu des ouvrières, assise de profil, jambes croisées, identifiable à son long nez droit et fin, entièrement absorbée par son ouvrage, un dé chapeautant le majeur de sa main droite légèrement en suspension de manière à ne pas gêner le travail du pouce et de l'index. On se rappelle son leitmotiv, quand elle le cherchait dans la boîte à couture : je ne peux pas coudre sans dé, ce qui suffisait à disqualifier ceux et celles qui prétendaient s'en passer, et comment elle enfilait en un clin d'œil le fil dans le chas de l'aiguille, expliquant que c'est le fil qu'on approche de l'aiguille et non l'inverse, à quoi l'on reconnaît les néophytes, et, si l'on suit son exemple, il n'est pas nécessaire pour parvenir à ses fins de rêver d'un trou de serrure et d'humecter abondamment l'extrémité du coton récalcitrant, ce qui déclenchait son grand rire moqueur, pour ce qu'elle appelait des « aiguillées de feignants », une expression du métier, qui consiste à prévoir trop long de fil pour n'avoir pas à réenfiler, et oblige à tirer l'aiguille très haut, à bout de bras, au lieu qu'elle, avec une économie de gestes, décrit de petits cercles spiralés, méthodiquement, sans précipitation, la main ne s'éloignant jamais de l'ouvrage, faisant corps avec lui, et il semble que ce sont les deux bords du temps qu'elle ravaude, que les heures, comme hypnotisées par cet étrange moulin à prières, sont invitées à prendre la pause, jusqu'à ce que, l'ouvrage terminé, elle se penche et cisaille d'un coup de dents l'aiguillée, le bouton de votre chemise recousu sans que vous ayez eu besoin de la retirer – et bien sûr nul risque d'être transpercé par l'aiguille au cours de l'opération, et, pour ce qui est de la solidité de son intervention, elle s'en est assurée en tirant sur le bouton, pour lequel elle a confectionné un pied de fil enroulé de façon à intégrer l'épaisseur de la boutonnière, et avant qu'il ne cède à nouveau votre chemise tombera en lambeaux. Et puis cet art de la reprise, ce tissage savant au-dessus du vide, tel ce mouchoir déchiré ou mité, raccommodé par ses soins, en tout point comparable à une tapisserie d'Aubusson, qu'il eût fallu encadrer, tant il méritait, ce chef-d'œuvre inconnu, de figurer aux côtés des plus hauts sommets de la modernité. Mais tout ça, cette application quasi religieuse, pour qui, sinon pour celui qui commande l'ouvrage ? Pourquoi aurait-elle intrigué, comme les jeunes filles empressées d'aller au bal, comme sa petite sœur Dédette, par exemple, l'antithèse, la débordante de vie, quand son plaisir à elle consistait à s'installer une aiguille à la main près de son père, ou à prendre place à ses côtés sur le siège avant de la voiture pour des expéditions dont ils sont peut-être le principal prétexte – ce qui fait qu'ils étaient ensemble lorsqu'il renversa un homme qui traversait imprudemment la chaussée près de Nort-sur-Erdre, et que ce drame – car le bousculé quelque temps après en mourut –, elle attendit longtemps, c'est-à-dire la conscience de sa fin plus ou moins programmée sinon prochaine, avant de l'évoquer, s'étonnant qu'elle ne nous en eût jamais parlé, or de cela nous sommes certains, qui eût occupé dans nos esprits une place aussi importante que les bombardements de Nantes, ce qui signifie que loin de l'avoir oublié, elle l'avait gardé dans un coin de sa mémoire, comme un plomb dans la tête se manifestant de temps à autre selon l'humeur des saisons. D'où l'on comprenait aussi que ce qui lui revenait en même temps que ce fauchage tragique, c'était l'écho d'une balade amoureuse entre un père et sa fille.

Ce que dit à sa manière la correspondance miraculeusement resurgie de ses années de pension, retrouvée dans un carton, relégué sans ménagement parmi d'autres emplis de débris de vaisselle, au milieu du bric-à-brac de l'entrepôt, à quoi, cette négligence, on reconnaît bien son mépris pour tout ce qui pouvait ressembler à de la nostalgie. Cette façon de tourner une bonne fois pour toutes la page, de ne pas s'encombrer avec les témoignages et la collection complète des souvenirs anciens. Sans doute le moyen pour elle d'aller de l'avant quand il lui en aurait coûté peut-être de se retourner. Il semblait que seul le présent l'intéressait, mais un présent sans surprise, se répétant jour après jour, rituellement, égal à lui-même, interdisant de ce fait tout changement, si bien que le magasin, par exemple, demeura à peu près dans l'état où notre père l'avait laissé. D'ailleurs, le carton qui enfermait sa correspondance de pension ainsi que ses bulletins scolaires et des serviettes hygiéniques protohistoriques (des bandes découpées dans des serviettes de toilette), on se demande même si elle l'a jamais ouvert. Sans doute apporté par son frère à la mort de leur mère. Et on l'imagine devant les bras encombrés du porteur, lui conseillant de déposer son fardeau dans l'entrepôt, là, sous l'étagère, et l'y laissant quinze ans, entassant par-dessus d'autres cartons, manifestant une indifférence souveraine pour ces reliques.

Le même papier bleu. A se demander si l'époque connaissait une autre couleur pour sa correspondance. Des lettres laconiques, dans lesquelles on n'apprend rien de sa vie au pensionnat, et où, après avoir expédié en quelques lignes les affaires courantes, dans une formule d'une sécheresse presque administrative, elle salue toute la famille, avec une mention pour Claire, la sœur aînée, dite Clairo, qui fut la fidèle compagne de sa vie. Simplement, de loin en loin, la même demande : papa viendra-t-il me sortir, jeudi prochain ? Et l'on sent que la lettre tourne autour de cette interrogation formulée du bout de la plume. Pour le reste nous sommes condamnés à lire entre les lignes. Ce qui se révèle aussi difficile que de lire dans ses pensées. Mais un courrier sans doute imposé par l'institution, sous surveillance. A Saint-Louis, alias Saint-Cosmes, à Saint-Nazaire, – et, si la Révolution n'était pas passée par là le département, au lieu de Loire-Atlantique, se fût peut-être appelé Saint-Victor –, quelques dizaines d'années plus tard, on nous obligeait à communiquer nos bulletins de notes à la famille et à y joindre un petit mot dans lequel il nous était impossible de commenter nos résultats – les mauvais, s'entend – puisque toute correspondance était analysée à la loupe par le préfet de discipline. Alors, dans ces conditions, comment justifier un zéro de conduite ? Pour l'obtention duquel il n'était pas besoin d'avoir insulté un supérieur ou sifflé un petit air en classe dans un moment de rêverie, un hoquet mal venu suffisait, ou un regard en biais, ou un commentaire mitigé sur la soupe du soir, mais ce zéro, ou toute note en dessous de la moyenne, nous empêchait d'obtenir les points – matérialisés par des feuillets jaunes, roses ou verts, selon la valeur – qui constituaient la monnaie officielle à l'intérieur du collège, nous permettant, par exemple, de racheter les heures de retenue qui sanctionnaient nos mauvaises notes, de sorte qu'ils ne servaient à rien puisqu'ils récompensaient ceux qui, de fait, n'en avaient pas besoin, sinon pour s'offrir les toilettes du dortoir, estimées à quarante points, une fortune, mais de luxueuses, avec carreaux de faïence, siège en céramique, lunette et chasse d'eau, précision à caractère tautologique seulement si l'on oublie que celles de la cour, réservées aux indigents, étaient médiévales : un trou turc dans le ciment, et la raclette de croupier du préposé à l'entretien pour y pousser chaque matin tout ce que trois cents élèves y avaient, sur les bords, laissé.

Mais des histoires comme celles-là, notre maman, peu étonnant qu'on n'en trouve pas trace dans sa correspondance. Et peu probables d'ailleurs : l'institution Françoise d'Amboise, 11 rue Mondésir, accueille des jeunes filles de la haute société nantaise, et, autant que les bonnes manières, on y apprend qu'il y a des choses pour une épouse digne de son rang à ne pas savoir, de sorte que les notes s'établissent autour de six critères : politesse, maintien, leçons, devoirs, application, observance du règlement. Où l'on remarque que la sanction des résultats purement scolaires – devoirs et leçons – ne compte que pour un tiers. Le bulletin hebdomadaire précise : La note Très Bien à l'application rachète des notes inférieures aux devoirs et aux leçons. De ce côté, si les mathématiques la voient briller – elle aligne les places de première ou de seconde, qui lui feront opter par la suite pour des études de comptabilité dont elle séchera un cours le seize septembre mil neuf cent quarante-trois afin d'assister clandestinement à la projection du « Comte de Monte-Cristo », ce qui ne semble pas avoir nui à son sens des affaires si l'on se rappelle avec quel brio elle géra, plus tard, son magasin, ce dont portent témoignage ses livres de comptes impeccablement tenus – en revanche le français (orthographe, langue et composition) semble lui avoir posé davantage de problèmes, puisqu'elle n'est jamais loin d'occuper les profondeurs du classement. De fait, à la lecture de la correspondance de ses années de pension on constate qu'elle prend des libertés avec la norme communément admise qui fait que, par exemple, on accorde les verbes avec le sujet et que l'infinitif ne se confond pas avec le participe passé. Les exemples abondent, comme dans cette lettre, prise au hasard dans la pile et datée du huit mars mil neuf cent trente-six, ce qui fait que sa rédactrice avait malgré tout, à ce moment-là : mil neuf cent trente-six moins mil neuf cent vingt-deux, égale quatorze ans. Et à cet âge et à ce niveau, de telles fautes sont moyennement excusables. Ce qui autorise aussi à s'interroger sur l'enseignement de cette époque et l'excellence supposée, comparée à ceux d'aujourd'hui, de ses élèves. Du moins découvre-t-on ainsi que notre maman dans sa jeunesse était, au fond, très actuelle.

La sécheresse de son style ne devait pas aider non plus à améliorer ses notes en composition française. Une écriture, sans fioritures, directe – moderne, si l'on veut –, mais peu en accord avec les canons scolaires de son temps, beaucoup plus fleuris, où les oiseaux gazouillaient dans les frondaisons tandis que du plus profond de l'azur le soleil dardait ses rayons. Ainsi, extraite de la lettre du huit mars mil neuf cent trente-six, l'évocation lapidaire, et d'une logique irréprochable, d'un menu incident du collège : J'ai retrouvé mon béret qui était perdu jeudi, il était simplement égaré. Maman, conviens que c'est une prose à haut risque. J'entends d'ici la voix de tes maîtres à qui la subtilité de ce « simplement » ne pouvait qu'échapper : Eclairez-moi, mademoiselle Brégeau, voulez-vous dire par là que, quand il fait froid, il ne fait pas chaud ? Et savez-vous que cinq minutes avant sa mort monsieur de La Palisse était encore en vie ? Rassure-toi. A Saint-Louis, c'était la même chose. A moi aussi ils m'ont fait le coup de la dialectique du sapeur Camembert. Comme on nous reprochait dans nos rédactions d'abuser des verbes auxiliaires, être et avoir, on en venait, terrorisé, à expérimenter des tournures hasardeuses. Cette fois, il s'agissait de décrire sa chambre. Commentaire : Vous vivez dangereusement, votre maison est bâtie sur une zone sismique – parce que j'avais écrit qu'un crucifix se balançait au-dessus de mon lit. Mais laissons-les dire, nous qui t'avons connue, nous savons bien de quoi il retourne. Ce « simplement », c'est toi. Simplement égaré, traduisons, et je ne pense pas me tromper de beaucoup en interprétant ta pensée : il était inutile de chercher midi à quatorze heures, d'invoquer les puissances maléfiques ou le mauvais sort, d'incriminer les camarades de classe et d'accuser la terre entière. Simplement égaré, ce béret, comme plus tard, simplement mort cet homme – autant dire gardez vos sornettes, ce glossaire morphinique à l'usage des drogués de la vie : épiphanie, résurrection, assomption, dormition, corps glorieux, et toutes ces breloques de l'espérance que l'on agite devant l'évidence de la fin. Simplement égaré, simplement perdu, simplement mort, comme cinq minutes après avoir passé monsieur de La Palisse n'était plus en vie.

Nous revient aussi son leitmotiv à notre endroit, alors que sans doute elle estimait que nous n'étions pas dans le ton, que nous en faisions trop ou que notre attitude ne sonnait pas juste. Apprenez donc à être simples, nous assenait-elle régulièrement, comme un écho au « simplifiez, simplifiez, simplifiez » de Henry David Thoreau dans son Walden, mais ce qui se révélait cruel pour nous, nous ramenait brutalement sur terre, ruinait nos espoirs de paraître un peu plus que ce qu'on était, nos prétentions à nous faire une place, nous renvoyant une image de péronnelles, de dindons pérorants, qui nous donnait envie de disparaître dans l'instant sous terre et de demander grâce pour le restant de nos jours. D'autant que sa sentence s'accompagnait d'une moue mi-désolée, mi-excédée, et d'un haussement d'épaules. Mais c'est l'unique précepte de vie qu'elle nous ait jamais dispensé. D'où l'on comprenait aussi que la simplicité est un but et que, quand elle n'est pas un don, elle peut s'apprendre. Et c'est vrai que, peu à peu, en mangeant son chapeau, avalant des couleuvres, buvant sa honte jusqu'à plus soif, on se surprend, au prix de bien des renoncements, à hocher doucement la tête, un petit sourire un rien désabusé au coin des lèvres, à mesure que le royaume des simples s'éloigne dont on s'imaginait pourtant s'être approché. Un mirage de l'esprit que notre mère, en dépit de ses objurgations, ne fréquentait que par intermittence. Ses mimiques appuyées, sa gestuelle excessive, ne plaidaient pas pour l'exemple. D'autant que cette exigence de simplicité était aussi pour elle une manière de couper l'herbe sous le pied de tous ceux qui ne se contentaient pas de leur condition et rêvaient à voix haute. Trouvait-elle une jeune fille très bien (venue au magasin déposer sa liste de mariage, par exemple), qu'immanquablement suivaient les adjectifs, gages de ce jugement flatteur : très effacée, très discrète, très simple. Corollaire de cette apologie de la transparence, il ne fallait pas avoir épais de rouge à lèvres, ni qu'il fût trop vif, pour faire mauvais genre. A moins que celle-là, portant sa palette sur le visage, fût enjouée. Du coup elle devenait nature, et trouvait grâce à ses yeux, l'artifice n'étant plus dans ce cas considéré comme un moyen de se distinguer, mais comme l'expression d'une vitalité généreuse.

Etait-ce, cette défiance envers les autres femmes, une conséquence de ses années de pension, dont sa sœur Claire, passée quelques années avant elle et qui en avait souffert, dit pourtant qu'elle n'avait pas souvenir que sa jeune sœur s'en fût jamais plainte, alors que ses congénères, issues d'un autre milieu qu'elle, le lui faisaient peut-être sentir ? Car notre maman était une anomalie dans cette institution, dont la principale fonction était de servir d'antichambre aux jeunes filles de bonne famille en attente d'un beau mariage. Ce que fit d'ailleurs sa meilleure amie qui épousa le député du coin, et, ayant décidé toute jeune de s'appliquer à ne jamais sourire afin de conserver un visage sans rides, fut victime d'une paralysie faciale. Mais les règles du jeu social furent respectées, il n'y eut pas mésalliance : la fille du tailleur épousa le fils du marchand de vaisselle.

Françoise d'Amboise, 11 rue Mondésir, c'était une lubie d'Alfred, à qui son élégance vestimentaire et la fréquentation par son métier des classes supérieures avaient donné des idées de grandeur. D'où ce maintien un peu raide, et cette antienne quand devant lui nous nous laissions aller : Je ne t'emmènerai pas à l'Hôtel de la Boule d'or, hôtel dont nous n'avons jamais su s'il existait vraiment ou s'il appartenait à cet univers parallèle dans lequel on rencontre Pampelune derrière la lune, la corde à tourner le vent et une flopée de lapins blancs, mais du coup, par cette menace qui nous excluait à jamais d'une supposée grande vie, on s'appliquait à déglutir en silence et à bien rouler notre cuiller dans l'assiette afin de ne pas faire de bruit.

Mais cette histoire de toilettes évaluées à quarante points (lorsque enfin je pus me les offrir, la veille de vacances de Noël, on m'en fit cadeau en signe de paix sur la terre aux hommes de bonne volonté, ce qui me vexa, car je les avais chèrement gagnés, mais enfin je fus bien content de les avoir encore en ma possession lorsque je m'aperçus que le distributeur mural de papier était vide), elle ne voulait pas y croire, là, tu exagères. Et bien entendu, ce cahier de doléances, ce n'était pas à chaud, qui eût correspondu à son temps de chagrin, mais longtemps après, le temps aussi pour soi de se retourner, d'apprendre à se présenter sous un jour qui n'est pas forcément son meilleur, mais elle ne voulait pas y croire, tout en posant trois doigts sur sa bouche, ce qui annonçait son grand rire moqueur, celui qu'elle réserve aux petits malheurs d'autrui. Elle ne voulait pas y croire parce qu'elle s'en voulait aussi un peu de toutes ces années noires pendant lesquelles elle n'avait rien vu, que ce gouffre sous elle, cette tentation du vide à laquelle elle crut un moment ne pas pouvoir résister, après la mort de l'élu. Et de nous qui endurions, d'une autre façon sans doute, mais doublement, car à la perte de notre père s'ajoutait l'escamotage de notre mère, présente et absente, comme le chat de Schrödinger, et triplement car du coup, livrés à nous-mêmes, nous ne savions à quel saint nous vouer, de nous elle pensait qu'hormis ce père par défaut, par bonheur – c'est-à-dire par son travail, par ses journées deux en une qu'elle finissait tard le soir, installée à l'extrémité de la table de la cuisine, s'assoupissant au-dessus de ses comptes, disant, alors que sous les premiers assauts du sommeil sa tête doucement s'inclinait, qu'elle relevait brusquement en s'excusant, qu'elle voulait les terminer avant de monter se coucher – par bonheur nous ne manquions de rien. Ce qui était vrai. Simplement notre tristesse semblait si légère en comparaison de la sienne que nous n'osions pas en faire cas devant elle. Ni de nos difficultés, ni de nos ennuis. Une règle de silence s'était établie entre nous au prix d'or de nos larmes. Sur la vie du collège, la lettre du lundi affirmait que tout allait bien, que le voyage en car s'était bien passé, qui avait déposé sa charge d'ouvriers successivement devant l'usine d'aéronautique puis devant les chantiers navals de Méan-Penhouët, de sorte qu'au terminus, sur la grande place ventée que l'hiver nous nous empressions de traverser en traînant nos sacs et nos cartables, la tête emmitouflée dans une écharpe, nous n'étions plus que trois ou quatre collégiens à en descendre.

Une fois, une seule fois, il nous est arrivé d'écrire que nous en avions soupé de ce collège, soupé des humiliations en tous genres qu'il nous faisait subir, de cette peur permanente dans laquelle il nous entretenait, mais le samedi suivant, tout à la joie d'en avoir fini avec la semaine maudite, de retour à la maison familiale, à la question de votre mère sur les raisons de cette mauvaise humeur dans votre lettre, vous avez répondu que vous ne saviez même plus à quoi vous faisiez allusion. Comme elle ne cherche pas à en apprendre davantage, elle considère que l'incident est clos et retourne à sa mélancolie. Elle accomplit ainsi presque mécaniquement tous les gestes du rituel de la bonne mère.

Le lundi matin, en prévision du retour au collège, tout est minutieusement préparé, les affaires au pied du lit empilées dans l'ordre de l'habillage, sous-vêtements dessus, chandail en dessous, que nous n'avons plus qu'à enfiler, et le café au lait fume dans les bols, et les tartines sont beurrées (beurre avec ou sans sel selon les exigences de chacun), quand nous descendons prendre notre petit déjeuner, les sacs, préparés par ses soins la veille, n'attendant plus que nous, déposés près de la porte du magasin, à travers la vitre de laquelle elle guette l'arrivée du car, au milieu de la place, pendant que nous avalons notre petit déjeuner, sachant que de ce moment nous disposons encore de cinq minutes. Mais aussitôt que le chauffeur remet le moteur en marche, ce que l'on distingue moins au bruit qu'au panache de fumée, enluminé par l'éclairage blafard des lampadaires qui dessine dans la nuit une sorte de génie sortant de sa lampe, alors il n'y a plus une seconde à perdre, nous déboulons à son appel dans le magasin en nous essuyant la bouche avec une serviette de table que nous lui tendons avant de l'embrasser rapidement, elle nous passe ensuite nos sacs, nous tient la porte ouverte, et demeure ainsi sur le seuil, dans le froid, les matins d'hiver, s'enveloppant dans sa robe de chambre matelassée, celle de son dernier Noël, ultime cadeau de l'époux, trop grande pour elle, qui lui tombe jusqu'aux pieds, mais il n'était plus question ensuite de l'échanger, car c'est sur celle-là qu'il a arrêté son choix. D'ailleurs elle nous paraît moderne avec ses grands ramages de fleurs noires et roses, de même sa matière synthétique, et, au moment où le car passe devant elle, nous emportant pour la semaine, elle nous adresse un petit signe de la main auquel nous répondons frileusement en effaçant la buée sur la vitre du car. Puis elle retourne à sa solitude, à ce face-à-face avec la succession des grands jours vides, à son combat avec l'ange des ténèbres paré de toutes les séductions d'en finir.

Dans ce corps à corps, elle douta longtemps d'avoir un jour le dessus, au point qu'il lui sembla que le décompte était entamé qui la verrait, avant un an, toucher définitivement le fond de sa vie de ses deux épaules. C'était peu de temps après la nuit tragique. Notre jeune sœur, de retour de l'école, traversait le magasin, à son habitude toujours pressée, en sautillant au milieu des empilements de vaisselles, quand, au moment de pousser la porte battante qui conduit dans la partie habitée de la maison, elle fut arrêtée par un sanglot trop familier à présent, provenant du sous-sol où se trouve le rayon funéraire et la quincaillerie, où se place le grand comptoir sur lequel on déroule et coupe les toiles cirées, et où notre maman pleurait, et entre ses larmes confiait à une cliente qu'elle ne croyait pas qu'elle lui survivrait un an, c'est-à-dire qu'il lui semblait au-dessus de ses forces, au-delà de sa volonté, de survivre un an à cet homme qui était tout, s'occupait de tout, portait tout, c'est-à-dire que pour ses trois enfants elle veut bien essayer, ce qui la pousse à se lever le matin, car ils comptent sur elle, n'ont qu'elle, et elle fait en sorte qu'ils ne manquent de rien, et quand les deux aînés partent pour le collège elle a tout préparé, ils n'ont à se préoccuper de rien que de leurs devoirs, et ainsi fait-elle pour tous les gestes de la vie, mais vraiment elle ne voit pas comment, physiquement – et ce n'est pas une pose, elle n'attend pas par cet aveu de la compassion –, non, tout simplement, avec ce filet de vie qui semble s'écouler d'elle comme du sable entre les doigts, elle ne voit pas comment elle pourrait y arriver. Et maintenant mettons-nous un instant à la place de la petite fille qui, chaque soir, en rentrant de l'école, se demande si sa maman sera encore en vie, et sitôt arrivée, ne la voyant pas, appelle, appelle, et ne se rassure qu'à l'écho de la voix maternelle en réponse, et ce pendant un an, car elle a noté le jour, et de là comptabilisé chaque jour supplémentaire jusqu'à la date anniversaire où, le délai fatal passé, elle s'autorise enfin un premier soupir de soulagement. La vie après la mort peut pour elle maintenant commencer. Voilà donc ce qu'est en mesure de porter, seule, une petite fille de dix ans à peine, à chaque heure du jour pendant trois cent soixante-cinq jours. Voilà donc ce qu'est en mesure de porter une mère, ce corps en sursis qu'elle traîne à force de courage et de renoncement jusqu'à l'autre extrémité de l'année. Voilà d'où nous procédons. Ce chagrin sacré, c'est notre source noire.

Mais ce peut être encore, cette plainte, une espèce de façon de chanter, comme l'écrit à sa mère le plus fameux négociant jamais en poste au Harrar. Alors, et ceci afin de dissiper tout soupçon poétique, regardez cette photographie en noir et blanc, aux bords finement dentés, prise dans la cour de récréation du collège Saint-Louis, à Saint-Nazaire, quelques mois après le rapt funeste. Le jeune garçon en aube blanche, croix de bois en sautoir, portant lunettes à monture dorée, aux verres maintenus par un fil de Nylon, regard en dessous, cheveux courts bien dégagés au-dessus des oreilles, et ne sachant quelle tête adopter, vous l'avez peut-être reconnu, c'est moi, mais ça ne nous apprend pas grand-chose (et le deuil récent n'y est pour rien, ce, résumons, manque de naturel, on le retrouve sur une autre photo beaucoup plus ancienne, prise dans le jardin, et sur laquelle, pour faire bonne figure, le petit garçon en culottes courtes et chemisette blanche, en chaussettes dans ses sandales, se tient au garde-à-vous – ce qui nous permet d'entendre en écho l'injonction maternelle : apprenez donc à être simple, or il n'y a rien de plus compliqué que cet apprentissage de la simplicité), donc rien de nouveau, sinon qu'il s'agit d'une communion, sans doute solennelle, celle qui donne droit à quoi au juste, on ne sait plus, mais pas à échapper au royaume des limbes, cela c'est la prérogative du baptême, ni à recevoir le sacrement de l'eucharistie (en clair, le droit d'avaler l'hostie, cette pastille blanche azyme que d'incroyables mécréants au collège, des figures de Gyf, sortaient de leur bouche et se collaient à l'œil en guise de monocle), ce que l'on peut faire dès la petite communion, mais celle-là, la grande, c'est surtout l'occasion de se voir offrir la montre très attendue, allongée dans son boîtier, au lieu que le missel qui va avec (parrain et marraine se répartissant les présents), on est sûr qu'on ne l'ouvrira jamais, donc une cérémonie dont le sens échappe à la quasi-totalité des participants – et la retraite de trois jours qui a précédé, dans un prieuré quelconque à proximité, n'a pas vraiment clarifié la question (à part cet engagement renouvelé à ne pas démériter – sur le coup, on promet tout ce qu'on veut), mais l'important n'est pas là. Des photos de ce type, il y en a plein les tiroirs, et qui ne sont pas les plus regardées car, enfin, une robe pour les garçons, il y a beau temps que, pour le courant du moins, ça ne se fait plus, et même les filles n'apprécient que moyennement, qui, en dépit de l'impeccable blancheur, peuvent difficilement rivaliser avec la toilette de Scarlett O'Hara. On sent que cette aube aura du mal à franchir le siècle, qu'elle vit son chant du cygne, de même que les prêtres de Saint-Louis commencent à abandonner la soutane pour une tenue de clergyman plus seyante, qui ne les fait pas encore ressembler à des représentants de commerce mais, pour séduire les femmes, ce doit être plus commode (tous ces petits boutons de la robe noire à défaire, ça doit en décourager plus d'une), on doit se sentir moins engoncé, et, à part deux ou trois réfractaires, toujours prêts à se cacher dans une meule de foin pour se soustraire aux Colonnes infernales, cette question de la sécularisation semble réglée, on ne va donc pas s'accrocher à batailler pour ou contre ces vieilles lunes. L'important est ailleurs.

L'important se tient debout à côté du fils, la mère douloureuse, entièrement vêtue de noir, jusqu'au sac à main glissé à son avant-bras. Suite à ce drame, toute sa garde-robe a été jetée dans le grand bac d'encre du teinturier, et même son petit béret incliné sur le front, dont la voilette est relevée, et qui était auparavant d'une jolie couleur chamois. Mais debout par on ne sait quel miracle, car ce géotropisme, naturel pour tout ce qui croît sur terre moins le gui, cette station verticale, paraît un défi aux lois de la vie qui exigent une présence, un contrat, un plan, or elle est là sans être là (le chat de Schrödinger), comme en retrait du monde. Elle fixe l'objectif, mais son regard vient de si loin, est si enfoncé dans le creux ombragé de ses orbites, qu'il semble que la lumière a dû s'épuiser en chemin, qu'il n'en reste qu'un faisceau affaibli. C'est un regard qui se force à regarder, quand il en a perdu l'habitude, un regard cerné, assommé de veilles et de larmes, qui dit ne m'en veuillez pas, mais ce que vous exigez de moi n'est plus de mon ressort, appartient au jeu normal des vivants dont je saisis mal les règles, à présent. Vous faites cette photo en mémoire de mon fils, de cette journée, de cette curieuse cérémonie qui déguise mon garçon en ange du ciel, mais je peux imaginer que la pellicule n'imprimera pas cette ombre à ses côtés, ou du moins qu'on l'attribuera plus tard à la percée entre les nuages d'un éclatant soleil, de sorte que, regardant le petit carton glacé, on dira que ce devait être un beau jour. Mais pour moi je suis entrée dans la longue nuit arctique dont je sens sur ma nuque le grand souffle glacé. On ne revient pas des hauts quartiers de la mort. Je l'ai appris de ce cadavre que j'ai veillé trois jours et quatre nuits, et, au bout de trois jours et quatre nuits, alors qu'une odeur aigrelette et sucrée se dégageait de la chair aimée, ce fut la pâque funèbre et le couvercle de la tombe.

Les jours et les nuits de chagrin se sont imprimés en creux de chaque côté de sa bouche. Deux rides profondes, convexes, qui semblent mettre sa voix entre parenthèses, l'isoler, la retrancher du monde, comme si les larmes en coulant avaient creusé ce double sillon à faire se décrocher la mâchoire. D'ailleurs elle ne parle plus, notre mère d'outre-tombe. L'énergie que cela lui demanderait, elle préfère l'économiser pour se maintenir en vie. Devant cette silhouette qu'un pauvre souffle relie encore à ce monde, dont on redoute que le vent de la mer ne l'emporte, qui soulève sa voilette et plaque son manteau à l'arrière de ses jambes, nous devinons la somme de courage que cette sursitaire dut puiser en elle pour finir par emporter le morceau. En attendant, avançant en équilibre sur le fil des jours, elle ne parierait pas lourd sur ses chances de survie.

Peu après la séance de photos nous allons gagner l'église située hors du collège dont la chapelle a été jugée trop exiguë pour la circonstance. C'est un édifice comme on en voit beaucoup dans l'Ouest, bâti en pierre de schiste, plan en croix latine et style gothico-roman incertain, auquel la tour Eiffel doit rendre quelques années, un des rares monuments ayant survécu aux bombardements de la seconde guerre qui rasèrent la ville. Il est prévu que les communiants remontent en file indienne l'allée centrale de la nef, encadrés par leurs parents. Celui devant moi n'a plus les siens, tués dans un accident de la route, et pourtant il n'est pas seul, un homme et une femme d'emprunt à ses côtés ne laissent rien paraître de la tragédie. Elle, notre mère, a refusé qu'un autre prenne la place du frais disparu, de sorte que nous progressons ainsi à pas lents jusqu'au chœur, amputés de notre aile gauche, moi entre l'ombre et le vide sous les regards de l'assemblée qui s'interroge sur cette étrange boiterie d'un communiant. Par un fait exprès, l'autre, le récusé par la jeune veuve, l'humble doublure, assiste à la cérémonie en s'appuyant sur une canne pour soulager sa jambe infirme, de ce fait légèrement de guingois, et donc parfait miroir, tandis que debout au bout d'un banc il regarde défiler la théorie des aubes blanches en adressant un petit sourire contrit à son double bancal.

Sur un banc de touche il serait ce remplaçant désigné, attendant la blessure ou la défection de l'un pour entrer sur le terrain, car l'oncle Emile est très officiellement notre tuteur. En réalité, il se contente du titre et n'essaie pas de se substituer à l'irremplaçable. Il a choisi d'être ce pôle immuable vers lequel nous pouvons sans crainte nous tourner, nous faisant profiter, au cœur de la tourmente, de son idéal de permanence. Il s'est arrangé pour faire de sa vie un chef-d'œuvre, et de son handicap – une claudication de naissance qu'aucune opération ne parvint à résoudre – la source de ses talents. A ce handicap qui, enfant, le clouait sur place, il doit l'apprentissage du piano et d'un métier se pratiquant assis, l'horlogerie (son magasin jouxte le nôtre), et un peu plus tard de la photo, pour laquelle il a aménagé un petit laboratoire obscur dans son grenier, développant lui-même ses plaques de verre, y réalisant par la suite ses tirages sur papier. C'est d'ailleurs à lui que nous devons le reportage du jour. Autant d'activités qui le distinguent des forcenés de la culture physique et du ballon – à quoi son infirmité a dû très tôt le forcer à renoncer – mais qui, de fait, lui assurent une certaine distinction. Cheveux gominés lissés en arrière, cravate quotidienne, petit gilet et canne à pommeau, il est, à l'aune d'un bourg de deux mille habitants à caractère rural, notre beau Brummel.

Il passe ses journées installé à son établi, un lourd bureau de bois au plateau surélevé, sur lequel il range minutieusement les outils fins et délicats nécessaires à l'accomplissement de son métier (minuscules tournevis au manche de laiton, pinces et cisailles susceptibles d'opérer une mouche à cœur ouvert). De son poste de vigie, rien ne lui échappe des allées et venues des passants dans le bourg, qu'il suit à travers le rideau semi-transparent de coton blanc de la vitrine, tout en gardant vissée à l'œil droit sa loupe d'horloger, un petit cylindre noir évasé à la base, qu'il coince dans son orbite et qu'il semble parfois oublier quand il lie conversation avec un client. Ce qui lui permet, cette prothèse oculaire, de poursuivre son travail, penché à quelques centimètres au-dessus des entrailles d'une montre éventrée, tout en levant de temps en temps l'autre œil en quête d'un menu incident dans son petit théâtre de la rue. Ce qui l'intéresse, c'est la chose drôle, le petit fait cocasse, dont il régalera ses proches avec un vrai talent de conteur. Sa spécialité consiste à improviser des sortes de saynètes avec certaines figures locales, dont il obtient des aveux surprenants : Marguerite Jagouët, Virginia Woolf en sabots, qui les jours de grand vent bourre ses poches de cailloux de crainte de s'envoler, Julien Bocquant qui reconnaît ne s'être lavé qu'une seule fois les dents, au régiment, pouah, et exhibant sa dentition complète, couleur de corne de rhinocéros, preuve du bien-fondé de l'inutilité de ce lavement dentaire : j'ai même mordu un cheval, Mélanie Beuvron qui achète une horloge dans le style de son buffet de la salle à manger où elle ne met jamais les pieds par crainte de l'abîmer (comme Marc Gerigaud qui a fait l'acquisition d'un nouveau vélo mais continue d'utiliser l'ancien), Mauricette Meignard qui déclare ne pas porter de culotte, avec cet argument mystérieux : pas besoin de culotte pour élever ça (sur lequel ça, notre oncle, en dépit de son habileté socratique, ne parvint à obtenir des éclaircissements), ou encore Marie Parenteau qui explique sa technique du « bain mosaïque » : le lundi elle se lave les pieds, le mardi les bras, et ainsi de suite, de sorte que certains jours doivent vraiment se faire attendre. Quand il sent que la saynète s'étend sur la durée d'un acte, et que la qualité de l'intervenant vaut le déplacement, il envoie en douce Clotilde, sa mère, nous chercher afin que nous puissions nous aussi bénéficier de ce grand moment de théâtre. Avec le risque que notre venue mette un terme à la représentation. Ce qui se produit souvent avec les interprètes féminines, mais les hommes ivres continuent de plus belle, flattés de jouer devant un public accru. Ceux-là parfois ne veulent plus quitter la scène, alors l'oncle fait montre de son esprit romanesque nourri par ses rêveries d'enfant solitaire. Après un coup d'œil échangé avec sa mère ou son épouse, l'une ou l'autre s'éclipse du magasin en emportant un réveil, dont on entend soudain la sonnerie stridente, suivie aussitôt d'une voix lançant par la porte : Emile, le téléphone, qui met fin à la comédie.

Car, curieusement, l'oncle Emile, qui fut le premier à se doter d'un réfrigérateur, d'un poste de télévision, d'une machine à laver, d'un radiateur à accumulation, autant de témoignages de son enthousiasme pour la vie moderne, n'a pas le téléphone, ce que rendrait pourtant nécessaire son activité, d'autant que l'horlogerie-bijouterie se double d'un rayon de mercerie-parfumerie-papeterie, tenu par les deux femmes de sa vie. Sa mère, il ne l'a jamais quittée, et il n'a vu qu'une fois son père, dont il ne gardait aucun souvenir. Mais, à deux mois, cela se comprend. On avait accordé au combattant de Quatorze une permission exceptionnelle pour voir son fils nouveau-né. Le père le vit et repartit faire don de son corps à la patrie, laquelle, par le biais de la nation reconnaissante, grava son nom sur le monument aux morts de la commune, situé derrière l'église, et adopta l'orphelin. Du coup Emile, que sa claudication empêchait de courir avec les autres enfants, grandit seul auprès de sa mère, s'arrangeant même pour disparaître avant elle, à l'heure de la retraite, au moment de quitter son activité, sa maison et son observatoire, et alors que pointaient sur le marché les montres à quartz, pour lesquelles il n'avait pas la science, et les bijoux de pacotille, lui qui pesait les alliances en or sur sa petite balance à deux plateaux avant d'en fixer le prix selon le cours du moment, s'assurant, par cet adieu précipité, de n'avoir pas à affronter les jours d'ennui qui s'annonçaient et le départ de celle qu'il n'avait jamais quittée. Et, alors que l'oncle Emile lançait comme à son habitude par la porte ouverte de la cuisine les miettes de pain de son petit déjeuner aux oiseaux, son cœur d'horloger dramaturge décida d'un arrêt.

Etant la seule famille du côté paternel, c'est lui, le pupille de la nation, qui hérita du rôle de tuteur. Un rôle ingrat pour celui dont l'idéal d'acteur était Jean Tissier. Ce qui ne dit plus grand-chose à personne, mais en fouillant dans les cinémathèques on peut retrouver sa silhouette au détour d'une scène, un grand blond au long nez, cheveux coiffés en arrière mais sans gomina, et avec des épis rebelles, ce qui accentuait l'impression qu'il se coiffait avec un oreiller. Car il donnait toujours le sentiment de sortir de la sieste et d'avoir envie d'y replonger au plus tôt, lâchant deux trois mots d'une voix endormie à travers laquelle on comprenait qu'articuler lui réclamait un effort aussi grand que pour un bâillement. On peut le croiser, par exemple, dans un film intitulé « Le Merle blanc », datant de la fin de la guerre, où Julien Carette, avec son éternelle allure de petite gouape aristocratique, tête rentrée dans les épaules et regard par en dessous, danse le nez dans le décolleté d'une femme plus grande que lui et lui susurre précieusement : Je suis petit, certes, mais j'ai l'avantage d'être à la hauteur de vos avantages. Mais « le Merle Blanc » n'a pas laissé non plus un grand souvenir, en tout cas moins que « Le Corbeau » ou « Les Oiseaux ». Quoi qu'il en soit, Jean Tissier avait au moins un admirateur, l'oncle Emile, qui l'imitait à la perfection, et n'hésitait pas à lui emprunter tics et intonation quand il jouait avec son cousin Joseph dans une adaptation du « Bossu » montée par la petite troupe locale de théâtre amateur, tenant le rôle d'un très ignoble personnage, roué, sans scrupule, âme damnée, Peyrolles, ou quelque chose de ce genre, enveloppé dans une cape avec laquelle, en vrai conspirateur, il se voilait la face. De toute manière, ses talents nous ne les connaissions que par ouï-dire, c'est-à-dire par l'évocation qu'en fit en deux ou trois occasions notre père, un bras devant les yeux mimant le geste du traître, lequel, notre père, par comparaison, se donnait le beau rôle, bien qu'on lui eût confié – ce qui nous peinait un peu – non pas celui de Lagardère mais de son valet, Passepoil (or, après avoir joué Planchet, le valet de d'Artagnan, dans une adaptation des « Trois Mousquetaires », on était en droit de s'interroger : comment se fait-il qu'on ne lui confiait pas le rôle principal ?). Mais sur la foi de sa parole nous admettions qu'il s'y révélait formidable, et, bien que ne l'ayant jamais vu sur scène, on ne doutait pas de sa performance d'acteur, le situant donc, par association, bien au-dessus de Jean Tissier. Car en fait l'oncle Emile avait déjà renoncé – notre père aussi, mais plus tardivement, et par manque de temps – à sa carrière de comédien de patronage quand nous accompagnions notre tante

Marie aux répétitions de la petite troupe de théâtre, prenant place à côté d'elle sur le banc de bois installé dans le trou du souffleur, d'où elle portait secours aux mémoires défaillantes en postillonnant à voix basse les répliques volatiles.

D'ailleurs, pour nous il n'était pas comédien mais prestidigitateur, et c'est davantage en maître du mystère que nous l'imaginions jouant de sa cape. Ce qui cadrait mieux avec son enfance singulière. On devine que c'est contraint et forcé qu'il suivait son dynamique cousin dans ses multiples aventures (lequel avait construit une barque baptisée « Pourquoi pas » en hommage au bateau de Charcot, et bien qu'elle parût flotter contrairement à son illustre éponyme, Emile à l'arrière, lunettes de soleil sur le nez, élégant quand ses camarades sont déguisés en partie de campagne, mais un peu raide, ne paraît pas prendre un plaisir extrême à cette expédition nautique). Son tour de force consistait à escamoter sous nos yeux les pièces de monnaie, qu'il tenait, main levée, entre le pouce et le majeur, et faisant claquer ses doigts, pfft (c'est lui qui parle), plus de pièce. Et bien entendu nous regardions au plafond, cherchions par terre sous son établi, tournions et retournions ses mains ouvertes, avant de conclure à l'évidence de cette dématérialisation spontanée et de le supplier de faire réapparaître ladite pièce. Il suffisait de demander. Il fouillait un instant l'air de son bras, faisait semblant d'y repérer quelque chose et hop (il improvisait lui-même ses répliques), comme s'il avait attrapé un moustique à deux doigts, exhibait à nouveau la pièce sous nos yeux, ou une autre d'une autre valeur, se ravisant, s'excusant de sa méprise, faisant disparaître l'erreur avant de fouiller à nouveau l'espace.

Nous l'admirions d'autant plus qu'il se montrait largement à la hauteur de la concurrence. De temps à autre de petits cirques posaient leur chapiteau au milieu de la place – et parfois pas de chapiteau du tout, juste des bancs disposés en cercle –, après que, l'après-midi, une camionnette eut sillonné les alentours annonçant par haut-parleur – un mégaphone tenu par le chauffeur lui-même, qui conduit d'une main tout en ressassant son message par la vitre baissée – une représentation exceptionnelle, ce soir à vingt et une heures, mais avec un tel abus de superlatifs qu'on finissait par se méfier. Les affiches placardées quelques jours auparavant avaient beau exhiber sur fond rouge et jaune des tigres féroces sautant la gueule ouverte à travers des cerceaux enflammés, des hommes-oiseaux volant d'un trapèze à l'autre, des clowns au nez rouge riant jusqu'aux oreilles, des éléphants en équilibre sur la trompe, des prestidigitateurs faisant disparaître le « Titanic », la représentation se réduisait à un maigre cheval attifé d'un plumet tournant autour de la piste, tandis qu'une écuyère debout sur sa croupe envoyait des baisers au rare public disséminé sur les bancs de bois et qu'un docile petit caniche, coiffé d'un huit-reflets, la taille ceinte d'un tutu vaporeux, se demandait quand est-ce qu'il allait pouvoir enfin marcher comme tout le monde, c'est-à-dire à quatre pattes. Et pour qu'on n'oublie pas que la soirée était placée sous le signe de la joie, entre chaque numéro il fallait supporter l'apparition bruyante du clown de service, s'emmêlant les pieds dans ses gigantesques chaussures jaunes et hurlant Bonjour les petits enfants, ou quelque chose de ce genre, mais le spectacle était si pitoyable qu'au final on s'efforçait d'applaudir de toutes nos forces pour qu'ils, les gens du cirque, partent sur une bonne impression et ne nous accusent pas d'être prétentieux.

De notre déception nous finissions par rendre responsable la télévision, dont l'oncle Emile, qui méprisait le téléphone, avait été l'un des tout premiers dans le pays à acquérir un poste. Un événement – un monument aussi, qui exigeait à peu près autant de bois qu'une armoire normande en dépit d'un écran grand comme une carte postale – qui lui valait certains soirs d'accueillir un public aussi nombreux et intrigué qu'à la première de l'invention des frères Lumière au Grand Café, les chaises étant disposées autour de la table de la cuisine, et certaines fois il nous fallait même en apporter. En tant que cousins et voisins, nous étions bien sûr parmi les plus assidus, et spécialement la soirée du mercredi, veille du jour de congé, qui était consacrée au cirque, justement, alors forcément, tous ces numéros prestigieux en provenance du monde entier débarquant à domicile, c'est sûr, il en fallait beaucoup désormais pour nous épater. Mais, plus que les numéros, ce qui impressionnait l'oncle Emile, c'était le monsieur Loyal qui menait avec élégance cette parade prodigieuse, et dont les poches sous les yeux, que l'on essayait d'imiter en se remontant les joues, était la source d'importants commentaires. Quand les femmes se demandaient avec effroi si ce n'était pas là la conséquence d'une vie de grand débauché, l'horloger diagnostiquait avec assurance : pas du tout, c'est cardiaque – en quoi, comme Rimbaud entrevoyant son destin de féroce infirme à son retour des pays chauds, il se montrait étonnamment prémonitoire puisque c'est du cœur qu'après plusieurs alertes lui-même partit –, de sorte que, par cette épée de Damoclès suspendue au-dessus de sa tête comme des sacs de larmes sous ses yeux, le présentateur héroïque, dont maman, arrivée en retard pour cause de vaisselle, appréciait en digne fille de tailleur la coupe impeccable des costumes aux revers satinés (on devait souvent lui demander, à notre mère, de se taire au moment d'un roulement de tambour annonçant un exercice hautement périlleux), se transformait en une espèce d'amiral Nelson dirigeant la bataille de son tonneau rempli de son, ou bien en Molière crachant le sang à la dernière du « Malade imaginaire ». D'autant que son talent nous le placions volontiers à la hauteur de nos plus grands poètes pour cette dextérité à tourner les compliments, à annoncer en vers de mirliton les prochains numéros et à émailler ses interventions de mots éblouissants, du genre : si les fantastiques Orsini, ou les fabuleux, ou les mirobolants, n'existaient pas, il faudrait les inventer, ce qui, à huit ou neuf ans, et pour peu qu'on l'entende pour la première fois, passe pour un feu d'artifice de l'esprit. Et peut-être, en souvenir de son enfance solitaire, l'oncle Emile, comme son illustre modèle, s'essayait-il en cachette à tourner des vers. Car il lui arrivait de nous sortir un quatrain humoristique de sa composition, transcrit de son élégante calligraphie sur une étiquette blanche à fil rouge qu'il fixait d'ordinaire, porteuse du prix, à ses montres. Ce dont il se montrait légitimement plus fier que de cette autre prouesse, inégalée à ce jour, qui consistait à fumer par les oreilles. Glissant la cigarette dans l'une, la fumée ressortait par l'autre. Mais dans ce cas, à part un conduit auditif percé de part en part, on ne voit vraiment pas comment il pouvait s'y prendre.

Il multipliait ainsi les passes magiques, notamment quand on lui apportait une montre arrêtée qu'il ouvrait, époussetait à l'aide d'une petite poire munie d'un fin tuyau, et la mécanique se remettant en marche, le balancier reprenant son mouvement de pompe à pétrole miniature pour extirper une goutte de temps, à l'heureux propriétaire s'inquiétant du coût de la réparation, après avoir longuement réfléchi et semblé additionner du bout des lèvres des sommes astronomiques, ça fera un Pater et trois Ave. Les habitués connaissaient depuis longtemps le tarif, mais cela faisait partie du rituel, dans lequel chacun tenait son rôle, de paraître soulagé de s'en tirer à si bon compte. Et c'est cet homme, dont la vie était réglée comme une horloge (il avait d'ailleurs en charge la bonne marche de celle de l'église, ce qui l'obligeait à grimper trois cents marches en tirant la jambe pour parvenir en haut du clocher), qui ne manquait pas un office, pas une cérémonie chaque fois que sa présence à l'orgue était réclamée, soit tous les matins et trois fois le dimanche, plus les mariages, les baptêmes et les enterrements, qui chantait les cantiques, tout en s'accompagnant au double clavier, d'une voix de baryton d'opérette, modulant exagérément son chant de telle sorte que dans les pianissimos on se demandait s'il ne lui était pas arrivé quelque chose, avant qu'un accent fougueux trois mesures plus loin nous rassure, qui chaque samedi à midi descendait le bourg de sa démarche balancée pour prendre un apéritif entre amis au café et y disputer une partie de cartes qu'aussi passionnée fût-elle il interrompait au milieu d'un pli quand il était l'heure pour lui de rentrer, qui lorsqu'il perdait une minuscule pièce d'horlogerie suspendait bras écartés tout déplacement dans le magasin, jusqu'à ce que sa mère, balayette en main, passant le sol au peigne fin, eût retrouvé l'infime rouage, qui jouait avec notre petit ratier noir et blanc, appelé Pyrex, lui glissant sous la porte des toilettes, dans la cour, un sucre que le petit chien attendait en reniflant, qui vantait le chocolat suisse, la Suze, les pianos Petroff, la Sonate au Clair de lune, « Les Cloches de Corneville » dont il chantait l'air le plus célèbre : J'ai fait trois fois le tour du monde, modifiant le texte dans un sens moins distingué pour nous faire rire, qui roulait dans une Aronde Simca que ses femmes astiquaient comme de l'argenterie et recouvraient d'une housse parfaitement ajustée entre deux sorties, dont les bons restaurants décidaient de son itinéraire de vacances, qui fumait avec délectation la pipe et des cigarillos, pédalait sur un ancêtre du vélo d'appartement, installé dans son garage, tout en lisant son journal et continuant de glisser des morceaux de sucre à Pyrex (si bien que notre petit chien mourut édenté), qui lissait ses cheveux en arrière après s'être aspergé de pétrole Hahn, c'est cet homme, qui un lendemain de Noël, sur le coup de dix ou onze heures du soir, entendit tambouriner contre le mur de sa chambre, mitoyen de notre maison, entendit cet appel au secours à travers la cloison, entendit son nom hurlé par l'épouse affolée de son cousin, et qui arriva le premier sur les lieux du crime. Car crime, cet effondrement brutal d'un homme de quarante et un ans, car il y avait bien un corps étendu sur le sol de linoléum gris de la salle de bains, car notre petite tante Marie, en Miss Marple mystique, arrivée peu après, son chapelet à la main, ne s'y trompa pas, qui connaissait le coupable. Elle le fréquentait depuis trop longtemps pour qu'un doute fût permis, sinon le doute majeur : comment Celui-là qui se vantait d'être l'Amour avait-il laissé faire une chose pareille ? Un imbroglio théologique tel qu'elle en perdit la tête, avant de sombrer quelque temps après dans le coma et de tirer sa révérence au milieu des fous. En quoi sa présence parmi ceux-là n'était pas si insensée qu'il y paraît car de son point de vue, après ce qui s'était passé, il ne servait pas à grand-chose d'avoir toute sa raison. Quant au poêle de sa petite maison, qui dans cette affaire servit d'accusé sous le prétexte que des émanations toxiques auraient endommagé son cerveau, il fut un alibi commode. Il ne porterait pas plainte, ne chercherait pas à se défendre, au lieu qu'en l'innocentant cela serait revenu à rendre notre père coupable, par sa disparition subite, de la mort de sa tante. Nous étions trop sonnés pour instruire un tel procès. Alors, accusons le poêle.

Mais notre mère, il semble que par ses coups portés contre la cloison elle apparaisse pour le première fois, comme si toutes ces années passées à s'occuper des siens avaient été une longue gestation, une attente, que le moment venu – qui eût pu sans ce drame ne pas venir, nous dissimulant alors un autre drame dont on n'eût jamais rien su, celui d'une vie en sommeil – elle n'avait eu, privée si longtemps du poids de la parole et se rappelant les roulements de tambour de la télévision destinés à retenir son souffle dans les parages de la mort, que cette ressource primitive pour signaler son entrée dans le monde, comme si par ce faire-part de décès imminent qui résonne comme un tam-tam tragique elle signait en quelque sorte son acte de naissance. Du coup on se dit que peut-être le deuil avait bon dos, c'est-à-dire qu'on lui en faisait trop porter, que tout le chagrin ne revenait pas forcément au disparu, qu'il fallait rendre à cette naissance les pleurs du nouveau-né, faire le tri des larmes, séparer le formulé de l'effroi de la mort de l'informulé du cri de la vie. Car elle crie, notre maman lâchée brutalement dans la nuit de décembre, tout comme celui-là, le sorti des eaux, qu'on plonge sans ménagement dans le grand bain d'azote et d'oxygène. Comment fait-on pour vivre ?

Or, la fragilité du nourrisson, elle connaît. Elle a perdu son premier enfant à trois semaines. On comprend qu'un an lui soit apparu comme un horizon impossible à atteindre. Un an, alors que rôdent la mort subite et mille embûches, un an pour apprendre les lois de l'équilibre et adopter la position verticale, ce qui prit à nos ancêtres trois millions d'années, un an, pour tout nouveau-né, c'est le bout du monde. Et ce silence qui sera le sien après la disparition de notre porte-voix, qu'elle ne troublait que pour nous demander ce que nous aimerions manger, de même que les bébés se calent sur leur estomac comme s'ils avaient avalé un réveil, ce silence que nous attribuions spontanément à ce drame qui nous laissait sans voix, on peut sans doute lui reprocher, à notre mère, de n'avoir pas été précoce, mais combien de temps faut-il à un enfant avant de correctement s'exprimer ? Cinq ans ? Six ans ? Dix ans avant d'être en mesure de faire excellemment l'article et de différencier l'inox de l'aluminium, le verre blanc du verre trempé, le cristal taillé du cristal moulé ? C'est exactement le temps qu'elle prit sur son capital d'années pour retrouver le plein usage de la parole. Mais, quand elle va s'y mettre, malheur à celui qui, assis près d'elle dans un train, engagera imprudemment la conversation, il sera obligé de descendre deux stations avant son terminus pour se soustraire au flot verbal de sa compagne de voyage. Quant à porter le deuil, c'était la coutume, et pour les hommes d'arborer au revers du veston un ruban de crêpe, mais cette insistance à se vêtir entièrement de noir comme l'exact envers de la blancheur des linges du nouveau-né, continuant de porter sombre bien plus longtemps que ne l'exigeaient les convenances. Jusqu'à ce qu'elle se sente suffisamment prête et tombe les voiles ? Mais, quand elle va hisser les couleurs, ils vont voir ce qu'ils vont voir.

Pour l'heure, notre maman appelle à l'aide en forçant les portes de la vie, et de ses poings fermés cogne contre cette cloison-membrane qui l'empêche de faire provision d'air pur. Elle semble soudain si perdue, si démunie, que nous gardons de cet instant zéro de sa seconde vie le souvenir d'un effondrement. Pour elle, c'est le sol qui se dérobe. Jusque-là elle s'est reposée sur ses grands hommes, le père et l'époux, quittant l'un pour l'autre, adoptant le lendemain du jour anniversaire de ses vingt-quatre ans ce nouveau corps percé par lequel elle différencie ses amours. Par lequel elle va livrer au monde la vie et la mort. La vie à nous trois : Marie-Annick dite Nine, Marie-Paule, la petite fille du magasin, dite Zizou, qui n'était pas tout à fait son surnom, mais, le vrai, l'historique, elle n'a pas vraiment envie qu'on le lui rappelle, celui que, selon la légende familiale, elle me devait, alors je ne vais pas recommencer, et puis moi (qui goûte peu la compagnie des hommes, dont les conversations me lassent), Jean, dont la fête le vingt-sept décembre commémore le souvenir du disciple bien-aimé, celui qui témoigne au sujet de ces choses et qui les a écrites, le porteur de bonne nouvelle, le quatrième évangéliste, celui aussi, mais je n'y crois pas, quelque chose ne colle pas, de l'Apocalypse, pas la même écriture, ce style grandiloquent, ampoulé, ce magasin des accessoires de film de série B, les quatre chevaux, les flammes, les cuirasses, le dragon, les épées, et le septième ange qui souffle dans sa trompette, or normalement l'auteur est un ancien pêcheur, et pour ce qui est du texte non synoptique, le poisson, la barque, les filets, les métaphores concordent, mais là, non vraiment. A moins d'une démence sénile ou d'un traumatisme suite au bain d'huile bouillante (ce qui expliquerait, par exemple, le quatrième ange versant sa coupe sur le soleil et brûlant les hommes par le feu). Donc Jean, comme celui-là, l'aigle à deux têtes, ce que je ne manquais pas de rappeler quand on me confondait avec le courant, le Baptiste, le solstice de juin, mais Jeannot au fait, pour toute la famille et les gens de ma jeunesse. Jeannot que maman n'arrivait plus à dire au moment de mes exploits littéraires, comme si elle ne reconnaissait plus le fruit de ses entrailles, devenu soudain un presque étranger, mais d'où sort-il celui-là, de moi ou de ses livres ? s'appliquant sur le tard, à soixante-huit ans, à m'appeler Jean, ce qui sonnait bizarrement, presque faux, car Jean tout court, c'est impossible, c'est froid, peu affectueux, au point que les seuls dans le bourg à ne pas se servir de mon diminutif utilisaient une périphrase pour dire la même chose, ce qui donnait Petit Jean (sur la justesse du qualificatif, il n'y a rien à redire), ce qui me touchait, me bouleversait même, soudain je me sentais aimable, au point qu'en retour j'aurais commandé des chapelets de saucisses, des montagnes de rillettes, un baquet de saindoux pour témoigner, à ceux-là qui tenaient la meilleure charcuterie du canton, ma gratitude. Mais on se contentait de tranches de jambon coupées fines, et parfois d'une part de pâté de foie fin, que le couteau de la charcutière estimait toujours plus large, comme ça ?, un peu moins, ce qui l'obligeait à avancer le tranchant de sa lame de quelques millimètres avant d'appuyer dessus et de détacher une portion rosée, enrobée d'une pellicule de graisse blanche et chapeautée d'une couche tremblotante de gelée d'or, qu'elle nous présentait sur une feuille de papier illustrée d'un petit cochon souriant. Ce sera tout ? Oui, ce qui n'était, à mes yeux, jamais assez cher payé pour ce « Petit Jean » qu'ils m'offraient. Car, confirmant mon soupçon, j'avais noté aussi, au temps de la télévision chez l'oncle Emile, que chaque fois qu'un jeune homme sérieux, un brin prétentieux et au total plutôt niais, apparaissait dans une pièce de théâtre filmée, on l'affublait de mon prénom dans sa version la plus sèche, en quoi je me reconnaissais sans peine, et l'on devine avec quelle, oui, tristesse, comme si je ne pouvais échapper à la fatalité et au déterminisme de mon saint patron. Alors maman s'excusant presque quand « Jeannot » lui échappait, se reprenant, elle voulait dire Jean. De qui parles-tu, maman, de quel supposé glorieux ? ce n'est que moi.

Comme si elle se préparait à perdre son second fils. Du premier nous ne connaissions que cette date unique gravée sur une plaque de marbre blanc fixée sur le devant de la dalle de granit de la sépulture familiale. Ce qui, faites le tour des cimetières, n'est pas courant. D'ordinaire, une vie s'inscrit entre deux nombres qui délimitent le parcours terrestre, l'entrée et la sortie, à charge pour celui-là, l'évoqué mathématique, de résoudre cette équation pleine d'inconnu que pose l'entre-deux. Devant la tombe d'un anonyme, ces deux dates, on les épluche comme un relevé de compte que, faute d'autres renseignements, l'on remplit d'amour, de souffrances, de conversations, de corps étreints, de chansons envolées. Mais là, Pierre, 1947. Qu'est-ce que c'est que cette histoire ?

Une histoire à pleurer, notre père y voyant la reprise de ses malheurs, comme si la rencontre et le mariage avec son petit Loup chéri – ainsi commence-t-il ses lettres – n'avaient été qu'une parenthèse heureuse dans la suite de ses drames, une erreur, au fond, d'un mauvais destin étourdi qui soudain se relâche, mais que cet enfant mort renvoyait à la norme, à la kyrielle de ses défunts, frères et sœurs emportés à leur naissance ou avant terme et, coup sur coup, dans les deux premières années de la seconde guerre mondiale, sa mère et son père, alors qu'il n'avait que dix-neuf ans et se retrouvait seul au monde avec pour toute compagnie une petite tante bigote. Mais ce quatre juillet mil neuf cent quarante-six, au bras de son petit Loup en robe blanche vaporeuse, il repart pour une nouvelle histoire. Les auspices ont cette fois fière allure, le cortège qui pousse les mariés à la sortie de l'église de Riaillé semble animé d'une certitude joyeuse – voyez les sourires sur chaque visage, ceux-là ne se sont pas déplacés pour faire de la figuration, ils forment deux par deux en rangs serrés un rempart hilare contre le mauvais sort. La suite se présente donc au mieux, et d'ailleurs, pour ne pas forcer le destin, cet enfant, qui quelques mois plus tard s'annonce, viendra au monde dans une maternité au lieu que la coutume, en ces temps héroïques et ces pays reculés, exige encore qu'il naisse à demeure. Mais pas de ces pratiques obscurantistes avec l'enfant-bonheur. Pour lui les lumières de la ville, ce qui se fait de mieux, la pointe de la prophylaxie et du progrès. En quoi Nantes la civilisée offre toutes les garanties, même si la distance n'est pas commode. Quarante kilomètres d'une route étroite au bitume rapiécé, que l'on parcourt lentement au volant d'une voiture dont la conduite acrobatique exige des bras de leveur de fonte pour manier le levier de vitesse à hauteur du tableau de bord. Peu probable donc qu'on ait attendu les premières douleurs avant de se mettre en route. Le risque eût été trop grand que les trépidations du véhicule et la durée du trajet n'offrent à la jeune accouchée que le secours de la banquette arrière pour accueillir le nouveau-né. Faisons donc confiance au grand Joseph et à son esprit d'initiative. On peut penser que, l'heure venue, sa jeune épouse était sur place, confortablement installée, veillée par une escouade d'anges gardiens, le grand obstétricien passant de son air de bon Dieu sans confession surveiller l'avancée des travaux, palpant la peau du ventre tendue à craquer et constatant d'une voix paternelle que tout s'annonce à merveille, aucune inquiétude à avoir, tout se passera bien. Du coup on se félicite de ce choix de la maternité, avec une pensée condescendante pour celles-là, les pauvres, qui accouchent encore entre une bassine d'eau chaude et les bras aux manches retroussées d'une sage-femme autoritaire, intimant de pousser plus fort afin d'éjecter le petit bouchon sanguinolent qui obstrue la sortie. Il est vrai que cet extra n'est pas donné, mais le futur père ne regarde pas à la dépense, dès lors qu'il s'agit du confort et du bien-être de son petit Loup chéri.

D'autant qu'il n'est pas dit qu'il ne souffre pas secrètement de l'avoir fait un peu déchoir de son rang, le petit Loup, en l'entraînant sur ses terres campbonnaises. La maison du grossiste en vaisselle et articles de ménage n'a pas le standing de celle du tailleur. Les deux escaliers, par exemple, ne se comparent pas : l'un en bois roux, décrivant une large spirale et débouchant sur un palier clair donnant accès à six ou sept chambres au bout de deux couloirs labyrinthiques, l'autre s'élevant selon un plan incliné rectiligne et s'achevant par un coude abrupt qui à la descente se révèle délicat à négocier pour peu que vous ayez les bras encombrés, à partir de là d'ailleurs il nous arrivait d'opter pour une glissade, marche par marche, sur le dos, jusqu'en bas. Et ainsi de suite, point par point, dimension, confort, esthétique, charme, agrément, le bénéfice de cette mise en parallèle revient à la maison du tailleur – y compris les jardins (notre pauvre jardin tout en longueur et qui, en dépit de quelques aménagements floraux, a du mal à camoufler son appartenance à la classe laborieuse, entrepôt, hangars, cartons, caisses, brouette, atelier de bricolage, et, bien que nous n'ayons jamais eu la vocation potagère, un carré de fraises et quelques plants d'oseille, pour les sauces, le poirier devant la petite maison de la tante Marie n'ayant jamais donné un fruit consommable, sinon pour les guêpes). Alors quel avantage en faveur de la maison de Campbon ? La proximité de la mer ? Pas pour une fille Brégeau qui, bien avant l'été trente-six, passait déjà toutes ses vacances à Préfailles, une petite cité balnéaire au sud de l'estuaire, où un oncle de la famille, côté maternel, possédait un hôtel, agrémenté d'une sorte de casino, ce qui nous vaut toutes ces photos d'enfants souriants sur la plage, dont celle où notre maman, âgée de huit ou neuf ans, frange et coupe au carré à la Louise Brooks, coiffée d'un chapeau de paille fine posé en arrière de la tête, et vêtue d'une robe à taille haute s'arrêtant au-dessus du genou, paraît si heureuse en compagnie de son cousin Freddy, le malicieux, lequel, au-dessus d'elle, grimpé sur les marches d'une sorte d'escabeau massif, une ceinture retenant son short informe, fait le clown devant le photographe, étirant le cou hors de son chandail à col en V porté à même la peau, et levant les yeux au ciel. Et ce moment ne pouvait pas être unique. La joie a commencé bien avant, juste lui a-t-on demandé un instant de suspendre son envol, et le sourire qui le dit sur ces figures d'enfance n'est pas prêt de s'effacer.

Or il faut savoir que nous avons vécu avec l'idée que notre maman détestait les bains de mer, sous prétexte qu'elle n'avait, au contraire de ses frère et sœurs, jamais appris à nager, et nous non plus par la même occasion, puisque, par son intransigeance et cette capacité à bouder silencieusement quand les choses n'allaient pas selon ses vœux, elle avait réussi à convaincre sa nouvelle famille de renoncer à fréquenter Saint-Marc, Sainte-Marguerite, Pornichet, La Baule, nos plages royales, qui n'avaient peut-être que le tort de prolonger la lèvre supérieure nord de l'estuaire. Car la Loire, il n'y a pas si longtemps, ne se franchissait que très loin en amont, sur les ponts de Nantes, l'estuaire formant une ligne de démarcation aussi nette qu'entre les îles de l'archipel des Galapagos, contraignant des espèces communes, séparées par un bras de mer, à évoluer différemment. Autant dire, entre le nord et le sud du fleuve – bien qu'à vol d'oiseau, c'est-à-dire de mouette et de goéland, la distance se franchisse d'un coup d'aile –, deux mondes. Mais ce veto maternel ne devait pas faire l'affaire de notre père dont nous savions aussi que dans sa jeunesse il était un fou de natation, plongeant par tous les temps, téméraire au point de parier passer sous le ventre d'une péniche qui circulait à l'époque sur le canal de Nantes à Brest, la pression manquant de le coller sous l'étrave, au point qu'il crut ne pas pouvoir remonter à la surface, il put puisque nous voilà, mais enfin, il avait donc renoncé pour sa jeune épouse à l'un de ses passe-temps favoris. En conséquence, et bien qu'elle batte à deux pas, notre père nous a peu emmenés voir la mer.

Ainsi notre maman perdait beaucoup en s'installant dans la maison de Campbon sur la façade de laquelle on pouvait lire – une carte postale de l'époque en témoigne –, sous la corniche, Rouaud-Clergeau, à droite de chacune des deux fenêtres du premier étage, poterie-verrerie, et ménage-éclairage, et au-dessus de la porte d'entrée du magasin et de la devanture, en caractères plus grands, Faïences en gros. Où il saute aux yeux (et peut-être s'en fit-elle la remarque en franchissant dans les bras de son homme le seuil de sa nouvelle demeure) que dans cette table des matières rien ne concerne la jeune immigrante. Ni le nom (encore que dans Clergeau on peut voir une contraction de Claire (Bré)geau, et, le jeune Joseph venant de perdre père et mère, peut-être recherchait-il la partie manquante du diptyque dont il assurait le patronyme, la trouvant dans le nom ramassé de l'épouse du tailleur, reformant donc avec la fille de celle-ci le couple initié par ses parents disparus, de sorte que l'attirance pour le petit Loup chéri relevait peut-être aussi d'autre chose, contre quoi, ces retrouvailles avec le nom maternel, les charmes d'Emilienne ne pouvaient rien), ni le programme, et encore moins ce titre générique : Faïences en gros. En gros – elle, si menue, si délicate, si minutieuse, qui attachait un tel soin à l'accomplissement du moindre de ses gestes. En gros ne colle pas du tout. En gros, c'est la cuisine de cantine, les charentaises (notre maman toujours sur ses talons), la blouse synthétique, les bigoudis, le linge repassé à peu près, la vaisselle lavée à la va-vite et le torchon qui se charge d'éliminer les traces résiduelles de graisse, la nappe choisie de couleur sombre avec des motifs embrouillés sous le prétexte qu'ainsi ce sera moins salissant, les clients expédiés, les renseignements approximatifs sur la qualité de tel article – en gros, c'est tout le contraire de notre maman. Elle, c'était Limoges et Aubusson. Comment pouvait-elle trouver sa place en un tel lieu ? D'ailleurs, dès qu'elle prit à son compte les affaires du magasin, elle s'appliqua à éliminer progressivement tout ce qui s'apparentait à la quincaillerie, la droguerie et la partie non noble du commerce, de sorte que sur le tampon dont elle usait pour ses cartes et ses factures elle fit imprimer : listes de mariage, cadeaux, porcelaine. Mais porcelaine, bien sûr, que la condition première pour tenir un commerce de ce genre est de distinguer de la faïence, au premier coup d'œil, sans avoir à retourner l'assiette, ce qui fait moins amateur de chine que celui qui prend des vessies pour des lanternes.

On comprend donc la crainte du jeune homme, au retour de ce voyage de noces qui les amena à visiter la Provence, où ils furent mécontents dans un hôtel de découvrir des lits jumeaux, qu'ils s'empressèrent (c'est notre mère qui raconte, mais pour la suite à nous d'imaginer) de rapprocher, que sa fraîche épouse, s'installant dans son nouveau cadre de vie, ne se cabre devant les perspectives d'une existence sans grande envergure. Pour elle, fini les soirées musicales, les tablées animées par de beaux esprits, les services de Madeleine Paillusseau, les heures de piano. Tiens, au fait, comment se fait-il que notre père n'ait pas pensé au piano ? Mais qu'il n'y ait pas pensé, difficile à croire, la question s'est forcément posée. Aurait-elle décliné son offre ? Dédette disait que, musicalement, des quatre enfants Brégeau, tous poussés par leur père à l'étude d'un instrument, Annick était la plus douée. Et donc du jour au lendemain, en même temps qu'elle modifiait son corps, elle abandonnait sa famille, sa maison, son pays, son mode de vie, ses goûts ? Sa sœur Claire, qui l'a précédée dix ans plus tôt à Campbon, s'était empressée, elle, de faire l'acquisition d'un Gaveau dans une salle des ventes, et les moyens du ménage qu'elle formait avec l'oncle Jean n'excédaient certainement pas ceux du jeune couple. L'obstacle financier tient d'autant moins que pour éviter à la nouvelle maîtresse de maison tous les ennuis domestiques, Joseph, à peine congédié la marâtre qui avait tenu les lieux pendant son absence, soit deux ans de guerre pour cause de Résistance plus un an d'incorporation dans l'armée régulière, et qui admit difficilement de devoir partager son pouvoir avec la jeune épousée, l'entoura d'un essaim de petites mains laborieuses, l'une pour la lessive, l'autre pour le repassage, encore une autre pour le raccommodage et enfin une bonne à tout faire en permanence à demeure pour s'occuper du reste. Il faut donc admettre que le problème du piano s'est obligatoirement posé, et que c'est de son fait, à notre mère qui pouvait tout avoir de son ancienne vie, qu'il n'y en eut pas à la maison, parce qu'elle ne s'en sentait plus la vocation, ou qu'elle jugeait la dépense hors de propos, et, conséquemment, que la question pour nous de l'étudier ne se soit jamais posée. Ou quelquefois, secrètement, car c'était troublant cette aile de la musique qui n'avait fait que nous effleurer, sans que nous ayons vraiment compris pourquoi elle s'était détournée de nous. Ce qui fait qu'un jour vous avez vingt-sept ans et vous sonnez à la porte de madame V.H. à Nantes, professeur de piano, que vous tentez de convaincre, en dépit de votre âge canonique, de vous donner des cours.

Elle est donc celle qui tourne définitivement la page. De ce qui s'est passé avant, elle ne veut plus entendre parler. Elle s'installe dans sa nouvelle vie et tire un trait sur tout ce qui faisait l'ancienne : la demeure familiale, Riaillé, Madeleine Paillusseau, ses amies de Françoise d'Amboise, l'atelier paternel, le piano, la plage, négligeant du même coup, et pour des raisons qui relèvent de sa chimie personnelle, de nous faire revivre le meilleur de ses meilleures années, ce qui fait que des privilèges de son enfance nous n'avons partagé qu'une version expurgée, notamment des bains de mer, ce qui, après tout, nous a peut-être sauvés de la noyade. Mais avait-elle à ce point le souvenir douloureux de ces bonheurs enfuis que se retourner était pour elle une source de chagrin ? Avait-elle besoin de ce blanc volontaire de la mémoire pour ne pas entamer son courage au moment d'affronter un terne quotidien ? Ou encore préférait-elle garder par-devers elle cet émerveillement, comme un diamant lançant ses éclats au cœur des jours sombres, sachant, comme il est dit dans les Proverbes de Salomon, que chacun sent l'amertume de son âme et qu'aucun autre n'aura de part à sa joie ? A moins, plus simplement, de considérer qu'il n'était pas aussi rose qu'on l'imagine, cet éden supposé de l'enfance, reconstitué à partir de quelques photographies. Ou peut-être la nostalgie n'était pas son fait. Mais il est une autre chose qui la condamne comme Orphée à ne pas se retourner, que nous avions négligée parce qu'elle prenait si peu de place, juste un prénom suivi d'une date gravés sur une plaque de marbre blanc, il est un moment dans sa vie à partir duquel il lui est désormais impossible de regarder en arrière sans qu'entre son présent et sa vie ancienne ne s'interpose la figure d'un nouveau-né, immobile dans son berceau, image d'Eurydice renvoyée définitivement aux enfers. Car la maternité nantaise, le fin du fin, l'excellence, son directeur s'était bien gardé de divulguer l'information, mais elle abritait dans ses murs le virus du choléra.

Ainsi le petit Pierre victime d'un mal millénaire, même si son histoire se situe bien après Pasteur, c'est-à-dire qu'en mil neuf cent quarante-sept on savait qu'il ne fallait pas se fier aux apparences et que le loup qui avait alimenté nos peurs jusqu'en ce jour de l'armistice de mil neuf cent dix-huit où il signa son ultime forfait (une femme fut retrouvée dévorée) n'était pas parmi les organismes vivants celui qui avait fait le plus de ravages. Mais forts de cette connaissance de l'invisible, nous nous pensions sortis d'un moyen-âge de cauchemar, où, avançant avec son amie la peste, le choléra sommait les pauvres habitants de l'époque de choisir entre l'un ou l'autre. Et pourtant c'est bien le moyen-âge qui se faufile jusqu'à nous et, comme un commando barbouillé de noir, investit ce moderne cabinet d'assurances sur la vie, où il frappe comme à ses plus beaux jours. Dix enfants nouveau-nés succomberont, que le directeur de l'établissement préféra sacrifier plutôt que de risquer, en annonçant la terrible nouvelle, d'entacher sa réputation. En quoi elle ne risquait pas grand-chose, les nantis sont moins au-dessus des lois, comme l'on croit, qu'au-dessus de tout soupçon. Pourtant, devant l'hécatombe, il dut s'y résigner, fermant provisoirement son établissement, se drapant sans doute dans une attitude d'homme responsable ne reculant pas face à la gravité de la situation, ce qui fait qu'on le trouva sans doute admirable de courage et de dignité, on ne se fait pas de souci pour lui, ceux de son espèce s'en tirent toujours. Nous, nous imaginons dix mères quittant la maternité, les bras vides et le cœur exsangue, accueillies par un homme ravagé de douleur qu'on l'ait dépossédé de sa survie et qui, ne sachant plus où donner de la tête, rêve de rencontrer un jour celui-là, le fou de réputation, pour lui casser la figure. Mais quand bien même, l'enfant ne reviendrait pas, ce que sait la mère qui demanderait au moins d'en pouvoir parler, qui a souffert avant qu'on lui tende la petite vie débutante sortie de son ventre, qui a tout oublié de la souffrance en recevant entre ses seins gonflés ce candidat démuni à l'existence, oint encore de l'huile amniotique qui colle les maigres cheveux sur les bosses de son crâne, et qui l'a vu revenir, cette souffrance, en elle et dans cette moitié d'elle, à mesure que le petit corps se vidait, dépérissait, rejetait toute nourriture, se liquéfiait, s'immergeait dans ses rejets comme s'il cherchait à retrouver l'élément originel de la tiédeur utérine, que se teintait, sa pauvre chair déshydratée, d'une nuance bleu pourpre, que ses yeux se creusaient, que ses traits devenaient anguleux, et qu'elle demandait autour d'elle à quoi attribuer ces symptômes alarmants qui s'abattaient comme la dixième plaie d'Egypte sur ce petit Pierre si peu solide, en voie de dilution. Mais ce n'était rien, des caprices de nourrisson, allons, on voit que nous avons affaire à une maman novice, bientôt il n'y paraîtra plus, tandis que dans son bureau le directeur et sa garde blanche se livrent à d'inquiétants conciliabules : surtout n'ébruitons pas l'affaire, pour l'instant il s'agit de nettoyer dans tous les coins et recoins, de plonger la maternité dans un bain d'alcool, et une fois le virus ivre mort nous inventerons que les enfants n'étaient pas viables, une fâcheuse loi des séries, contre laquelle le plus moderne, le plus sûr des établissements ne peut rien. Nous expliquerons que c'est Dieu qui s'est manifesté une dernière fois avant d'abdiquer définitivement devant le progrès scientifique, qu'il a cherché à nous montrer que c'est encore lui le grand patron, que c'est lui qui donne et que c'est lui qui reprend, d'ailleurs l'aumônier de la clinique nous aidera à broder sur le thème, nous le recevons chaque dimanche à déjeuner, il saura sous le sceau de la confession tenir sa langue.

Pour connaître la suite de l'affaire il suffirait d'avoir la curiosité de consulter les quotidiens nantais de l'époque, principalement « La Résistance de l'Ouest », car tout le monde avait résisté en ces années d'immédiat après-guerre, au point que notre père qui avait payé de sa personne pendant la période noire de l'occupation cessa très vite de s'intéresser à ces réunions d'anciens combattants sortis de l'ombre plus nombreux qu'ils n'y étaient entrés. Sur sa carte de membre d'honneur de la Résistance, juste un seul tampon, les autres cases pour l'année quarante-six attendent encore sa cotisation. A quoi bon puisque les électeurs de

Campbon ont reconduit sans états d'âme à la Libération les élus qui pendant cinq années s'étaient montrés de fervents patriotes, au point d'écrire au maréchal Pétain pour le féliciter de son action et attirer sa bienveillante attention sur leur commune à haute valeur rurale ajoutée, rejetant la liste d'opposition composée d'une poignée de ces vaillants qui, croyant au sens de l'Histoire, estimaient sans doute que les temps nouveaux étaient arrivés pour lesquels ils avaient lutté, ce qui n'était évidemment pas l'avis des gardiens de la tradition qui jugeaient quant à eux que ces jeunes exaltés leur avaient causé plus de soucis qu'autre chose au cours de cette cohabitation forcée. Après tout, et à condition bien entendu de s'être conduit de même avec lui, l'occupant s'était montré correct, même si on avait eu à déplorer les écarts de quelques rigoristes, comme cet officier hébergé chez l'oncle Jean et la tante Claire, qui de tout son séjour ne leur adressa jamais la parole, posant son revolver à côté de son assiette tandis qu'il mangeait, et d'ailleurs c'est tout juste s'il ne tirait pas sur son morceau de viande quand celui-ci – une fibre un peu nerveuse – lui résistait. Mais en fait de viande il s'agissait plutôt de choux, comme hier et, il pouvait le craindre, comme demain, ce qui le contrariait et le mettait d'encore plus mauvaise humeur – on comprend bien, mais à qui la faute ?

On peut donc parier que feuilleter la presse de l'époque ne nous apprendrait pas grand-chose. Et peut-être vaut-il mieux s'en abstenir plutôt que d'y lire les irréprochables états de service du directeur, sa bravoure passée, comment il aurait, par exemple, à la libération de la ville, accueilli dans son établissement une femme enceinte des œuvres d'un envahisseur avant de la rendre, dégagée de l'enfant, à la foule enivrée pour qu'un apprenti coiffeur la tonde. Peut-être même, étant donné la solidarité entre les puissants, ne trouverait-on pas une ligne. Alors rappelons que Pierre, premier de la fratrie, est mort quelques jours après sa naissance par l'incurie de ce notable, et que notre épisodique maman quitta la maternité les bras absurdement vides, soutenue par le grand Joseph qui vit dans ce drame la suite logique de ses malheurs, s'enfermant dans un silence qu'elle eût aimé rompre : parle-moi de cette douleur fantôme dans le creux de ma poitrine, est-il possible de souffrir autant d'un membre absent ? Mais il ne dit rien, au point qu'elle se demande si le chagrin l'atteint autant qu'elle, si ce désir de vengeance qui le pousse à crier qu'il aimerait casser la figure à celui-là, le soucieux de son renom, n'est pas simplement un reste de ces années de Résistance où l'on se faisait justice soi-même. Mais nous qui maintenant savons, ayant bénéficié des confidences de la tante Claire, que le temps a prescrites, – et c'est étrange car, du coup, et bien que n'étant pas alors de ce monde, nous savons ce qu'alors ils ignoraient, ces paroles retenues de l'un à l'autre, ces émotions rentrées, comme si nous étions la pointe avancée dans le temps d'un triangle de communication, point satellitaire du futur par où transite l'information entre nos deux parents –, nous comprenons mieux les raisons de son silence : comment dire ce sentiment de malédiction qui l'accable, cette guigne accrochée à sa vie comme une seconde peau indécollable et qui le rend coupable de ce malheur qui pour lui n'a rien d'inédit, ce même malheur qui le condamna jadis à demeurer fils unique – injure qui dans les cours de récréation le mettait en fureur ? Comment expliquer à son petit Loup chéri dans le comble de l'affliction qu'il lui semble, après cette courte embellie de la rencontre, que la mort en lui a repris son travail de sape ?

Ainsi il y a, planant au-dessus de nos vies à venir cette petite ombre bleu pourpre, comme une tache originelle, du martyre de Pierre. Or, bien qu'au fait de cette histoire, de cette existence balbutiante interrompue par le mépris d'un notable, vous qui venez après n'en prenez pas ombrage. Ce petit corps évacué dans une boîte à peine plus grande qu'une boîte à chaussure, vous l'avez sans états d'âme particuliers passé par profits et pertes. Et pour une raison simple : on ne pleure pas ni ne regrette qui l'on n'a pas connu. Inutile de se lamenter sur le grand frère perdu, quand ledit grand frère, à un mois, vous étiez déjà plus grand que lui. Et puis, en y réfléchissant, il vous apparaît que s'il avait vécu, c'en était fait de vous. Dans cette hypothèse, l'ordre des naissances eût été bousculé, et de vous, né par exemple un treize décembre mil neuf cent cinquante-deux, il n'eût plus été question. Donc, si vous tenez à ce que vous êtes, ou ne serait-ce qu'à cette histoire racontée de la sorte, inutile de refaire le monde, d'inventer une machine à remonter le temps pour porter au petit cholérique cette solution de sels de réhydratation qui eût enrayé le mal. Car si vous le soignez, vous êtes mort. Ne jouons pas aux apprentis sorciers. C'est triste, bien sûr, mais reconnaissons qu'à ce Pierre météorite de trois semaines nous devons la vie. Et d'ailleurs il aura laissé si peu de traces que nous pouvons bien vivre comme si de rien n'était. Sans dommages apparents. Du moins c'est ce que l'on croit. Car, en y regardant de plus près, il se passe des phénomènes étranges, comme celui-là, par exemple. Vous vous rappelez que les enfants Burgaud, c'est-à-dire Brégeau, sont au nombre de trois : il y a Marthe, Anne et Lucie (pour Claire, Annick et Dédette), soit trois sœurs. Ce qui tombe bien : trois comme les sœurs de Tchekhov (lequel se dépensa sans compter auprès des paysans de Mélikhovo frappés par le choléra), trois comme les Parques, qui savent comme les filles du tailleur manier le fil, trois comme nous trois, quand nous ne comptons pas ce brouillon de vie qui se contente d'une seule date sur la pierre tombale du caveau familial. Alors qu'en réalité il y a un manquant dans ce récit. Entre Annick et Dédette, il convient de rajouter un quatrième enfant au couple formé par Alfred et Claire Brégeau, Paul, débarqué de sa propre histoire au nom d'on ne sait quoi, coupé de ses sœurs, renvoyé dans les limbes, privé de fiction. A se demander s'il ne paye pas pour ce bébé éclair dont il commémore par son éviction l'effacement (d'ailleurs, Pierre et Paul, le calendrier les fête le même jour), à se demander si ce n'est pas notre petit Pierre qui souterrainement signale ainsi, par cet escamotage romanesque du frère, son absence au monde.

Et dans le tam-tam tragique de notre mère en ce lendemain de Noël, martelant de ses poings le mur mitoyen, appelant Emile à son secours, qu'est-ce qu'il ne faut pas entendre ? Cette façon qu'elle avait parfois, quand nous n'agissions pas selon ses vues, c'est-à-dire chaque fois que nous apportions un changement dans nos vies, et donc un bouleversement dans le minutieux arrangement de ses jours et de ses pensées, de jouer à la femme blessée, évoquant à mots couverts ses malheurs passés, comme si par notre comportement nous ouvrions une énième plaie à son flanc, comme si à l'inventaire rapide de ses drames (elle est celle qui inverse le cours des choses, perdant d'abord un enfant, puis l'époux, puis le père, quand l'ordre naturel commencerait par éliminer le plus âgé) il convenait d'ajouter tout ce que nous ne savions pas. Et là on en restait baba, car, à moins d'un terrible secret, il nous apparaissait que jusqu'à ce rendez-vous mortel à la maternité, l'année de ses vingt-cinq ans, la vie s'était montrée à son égard plutôt bienveillante, et même la guerre, dont Riaillé avait connu une version très édulcorée, puisque la commune ne fut jamais occupée par l'armée allemande et que les forêts alentour, giboyeuses, avaient généreusement alimenté, en cette période de restriction, la table de la famille Brégeau – relative abondance dont, notre maman insistait, les siens avaient su faire profiter les déshérités. Alors quelle était cette face cachée qu'elle nous laissait imaginer grêlée de larmes, dont elle ne nous livrait qu'un sous-entendu affligé ?

Nous, peut-être. Car enfin, à toutes les jeunes femmes heureuses de lui annoncer qu'elles attendaient un enfant, elle répondait d'un air attristé quelque chose comme : mon Dieu, c'est affreux, je vous plains beaucoup, ce qu'on peut souffrir, vous ne savez pas ce qui vous attend, c'est inhumain, bien sûr je suis heureuse d'avoir mes enfants mais si c'était à refaire, avant de recenser tous les cas dans la région de grossesses ayant mal tourné, de fœtus morts, d'infections intra-utérines, d'enfants victimes de la toxoplasmose – ah bon, vous avez un chat ? –, de bébés bleus de froid qu'on oublie sous les infrarouges, à qui l'on envoie en couveuse de l'azote au lieu de l'oxygène, qu'on perfuse avec le désinfectant à la suite d'une inversion de flacons, qu'on réanime alors que le cerveau a connu une panne d'irrigation, et tous les monstres nés avec un pied au milieu du front, les mamans mortes en couches, celles tordues de douleurs attendant des heures dans une salle d'attente sur un lit de camp le bon vouloir de l'accoucheur tandis que dans le couloir les internes plaisantent avec les infirmières, lesquelles passent une tête par la porte, tenez bon, madame, le docteur va bientôt arriver, celle qui ressort paraplégique de la maternité pour une aiguille plantée dans la moelle épinière, cette autre venue pour un accouchement et qui repart avec un bras en moins, et encore celle-là dont on ne savait plus où l'on avait mis l'enfant, retrouvé dans la corbeille à linge, et puis les inversions de nouveau-né, les nuits sans dormir, les pleurs, les staphylocoques dorés, les couches, les biberons (allaiter, c'est une invention des animaux), la mort subite du nourrisson, de sorte qu'il fallait que la future maman ait vraiment foi en la vie pour ne pas, après un tel panorama des horreurs de la naissance, courir se soulager auprès d'une faiseuse d'anges. Mais, si elle tenait bon sous l'avalanche des catastrophes annoncées, maman n'hésitait pas à lui témoigner son admiration : je vous félicite, mes filles n'auraient pas supporté le dixième de ce que je vous ai raconté, avant de lancer son grand rire moqueur et joyeux à la face médusée de l'élue.

Elle était bien en droit de manifester certaines réserves devant l'enthousiasme de rigueur qui salue d'ordinaire un heureux événement. Heureux, c'est vous qui le dites. Elle mettait en garde, c'est tout. Elle prévenait que, derrière les chromos béats, ce n'était pas toujours une partie de plaisir. Elle savait de quoi elle parlait. Le petit Pierre, bien sûr, mais également une grossesse extra-utérine, après Nine, qui manqua de la laisser sur le carreau, ou plutôt sur la table de la cuisine où l'avait allongée le docteur pour une opération de la dernière chance, après que, blanche comme une morte, elle se fut vidée de son sang. Parce qu'après la tragédie de la maternité il n'était plus question d'y mettre les pieds. La modernité, sur ce chapitre, n'avait pas démontré un réel progrès. On attendrait qu'elle fît ses preuves, d'ici là on s'en remettrait aux méthodes anciennes, tout se passerait désormais à la maison (en fait, précautionneusement, dans la grande maison de Riaillé pour Nine et ce retour à une conception plus artisanale – où l'on devine le remords de notre père qui, après l'avoir kidnappée avec les conséquences que l'on sait, rend sa femme à sa famille naturelle, comme un pénitent, comme s'il se retirait du jeu : à vous de jouer, à vous de mettre l'enfant au monde, moi, je ne sais que semer un virus de mort –, et Nine vivra, et, rayonnant, il dut la hisser très haut au bout de ses bras, la promesse merveilleuse, pendant que la jeune maman, dans son lit retapé par sa mère ou Madeleine Paillusseau, reprenant ses esprits, devait penser, ouf, une bonne chose de faite, tout en observant cette excroissance d'elle-même découvrant le monde comme une vigie au sommet d'un grand mât.)

Mais décidément le bonheur n'avait jamais le temps de s'installer : dix-huit mois plus tard, c'était l'opération sauvage sur la table de la cuisine. Pas même le temps d'appeler l'oncle Jean, pourtant un ambulancier intrépide, qui, du moment qu'il avait hissé sur le toit de son véhicule le petit drapeau, effiloché par le vent de la vitesse, de coton blanc, frappé d'une croix bleue inscrite dans un cercle jaune, ne s'embarrassait plus avec le code de la route et ses priorités.

Le prioritaire, dès lors qu'il avait annoncé la couleur, c'était lui. Son drapeau valait tous les laissez-passer, et si jamais un motard de la gendarmerie, estimant qu'il prenait un peu trop de liberté avec les règles, le sommait, sifflet entre les dents, de s'arrêter, le malentendu ne durait pas longtemps et c'était le motard qui bientôt lui ouvrait la voie (sans doute un de ceux, de la brigade de Savenay, dont il obtenait contre une bouteille de pastis le retrait de ses contraventions). À condition, bien sûr, qu'il transportât réellement un malade, car il lui arrivait aussi de hisser le même drapeau pour simplement un train à prendre, ou résoudre, dans un mouvement d'impatience qui le voyait sortir le bras par la vitre baissée et planter la hampe du fanion dans le tube soudé sur la galerie du toit, un problème d'embouteillage. Mais là, en dépit de sa légendaire célérité, il était condamné, compte tenu de la gravité de l'état de notre maman, à arriver trop tard au centre hospitalier de Nantes. Et c'est le bon docteur qui improvisa sur-le-champ dans la cuisine un bloc opératoire, débarrassant la longue table de ce qui l'encombrait, une coupe à fruits, des factures, ou le courrier ouvert, pour y allonger cette jeune vie sur le point de se vider, qu'il avait descendue de la chambre du premier dans ses bras, car, ce jour-là, le grand Joseph était absent, tandis que notre tante Marie, de retour de son école des sœurs, écartait Nine, l'emportait dans sa petite maison, sous le prétexte sans doute de lui raconter des histoires ou lui apprendre les chansonnettes qu'elle réservait à ses élèves, les mimant à sa manière, qui consistait quel que soit le sujet à faire les marionnettes avec les mains levées, pivotant verticalement autour du poignet. Mais en dépit de ses talents la vieille institutrice ne parvint pas à effacer de la mémoire de la petite fille le spectacle de sa maman ensanglantée, puisque Nine longtemps dut composer avec une phobie du rouge, s'interrogeant sans fin sur l'origine de cette incompatibilité, traquant la couleur honnie jusque dans les fils de sa garde-robe, ou baissant les yeux devant un coucher de soleil flamboyant. Et avec un tel sentiment d'horreur qu'on peut imaginer que, ce rouge agité devant ses yeux comme un chiffon sur le sable d'une arène, il fallait bien que le spectre incarnat résonnât dans son esprit comme une sentence de mort.

Une terreur à couper le souffle, aussi, si l'on considère que celui-là manqua bientôt à la petite fille, et curieusement au moment où elle emplissait ses poumons de l'air pur du grand large, et que son teint soudain sous les effets de l'étouffement virait au bleu pourpre, comme celui du petit cholérique, alors qu'elle accompagnait la convalescente au bord de l'Atlantique, où notre père, toujours soucieux de n'être pas débiteur avec le passé de son épouse, avait réservé une chambre à l'Hôtel du Port, ou de la Plage, ou de la Pointe, mais avec vue sur mer, rejoignant sa petite famille en fin de semaine. Quelques jours de repos nécessaires mais que maman, quand elle eut l'occasion de les évoquer, qualifia d'ennuyeux. Comme ceux passés à La

Bourboule où elle conduisit trois années d'affilée, et pour des périodes de trois à quatre semaines, la petite asthmatique. Parce que le bon docteur avait recommandé les bienfaits des eaux arsenicales de la station, et, de fait, la petite curiste s'appliquant à boire consciencieusement la potion magique des monts d'Auvergne, bientôt son souffle revint, mais on imagine le père vaillant, à nouveau tenu d'offrir aux siens ce qu'il estimait être le meilleur, du moins selon son appréciation, c'est-à-dire, de toute façon, au-dessus de ses moyens. Et, pendant que sa petite fille buvait l'eau imbuvable, que son épouse regardait passer les heures à travers la brume qui se morfond dans la vallée, lui, le comptable aux poches danaïdes, mettait les bouchées doubles, ce qui consistait à démarcher les environs pour caser sa marchandise qu'il réceptionnait, en gare de Campbon où les trains s'arrêtaient encore, dans de grandes caisses à claire-voie emplies de paille jaune, et, comme cela ne suffisait pas, le moyen le plus sûr et le plus rapide était de tester le degré de fidélité des uns et des autres en les sollicitant pour un dépannage temporaire.

Le coffre-fort, modèle Bosch, une acquisition de son père, dont à l'échelle de ce monument blindé on jauge les rêves de grandeur, a plus souvent abrité des traites et des reconnaissances de dettes que des bons du Trésor. D'ailleurs, de bons du Trésor ou autres signes intérieurs de richesse, nulle trace, au lieu que les papiers brunis avec des taches de vieillesse, dûment signés par les deux parties, s'engageant à rendre telle somme avant telle date à monsieur X, ou reconnaissant avoir reçu de monsieur Y de quoi financer, par exemple, le voyage de noces (le point de chute des nouveaux mariés était un hôtel-pension à Nice), forment l'essentiel des liasses encore déposées dans l'armoire-bunker. Ce qui explique aussi que la combinaison du coffre n'ait jamais été un secret, et que nous ayons appris à compter à haute voix en même temps que nous écoutions les cliquetis égrenés des quatre serrures brouillées qui conditionnaient l'ouverture de la lourde porte. Mais au cours de cette période sombre les emprunts s'accumulent. Inutile de les éplucher pour comprendre ce qui se passe, et qu'un mois à La Bourboule en pension complète à quoi s'ajoutent les frais de cure et de transport, c'est beaucoup pour la seule caisse du magasin. Les dates de reconnaissances de dettes concordent. Il suffit d'imaginer le jeune père, seul à la maison, refaisant ses comptes, le soir, et se demandant comment il va bien pouvoir joindre les deux bouts. Ne pas forcément s'étonner si à quelques temps de là, ayant tout juste franchi le cap de la trentaine, ses cheveux, dans lesquels en signe d'embarras il passait une main aux doigts écartés, étaient devenus comme neige.

A peine le temps de souffler un peu et, quelques mois plus tard, malaises et vomissements, c'est reparti. Bien sûr, le mot d'ordre se veut rassurant : pas d'inquiétude, on y arrivera, mon petit Loup chéri, qui trouve décidément barbare ces procédés de reproduction, tandis qu'il se passe la main dans les cheveux et s'étonne qu'elle ne soit pas tachée de noir (car enfin, où passe la couleur ?). Mais difficile, cette fois encore, d'avoir recours aux emprunts, d'autant que les amis pourraient commencer à se lasser, qu'il faut de toute manière, à moins de se lancer dans la cavalerie – ce qui n'est pas son genre –, rembourser. Ne lui reste donc plus qu'à envisager l'ultime solution, celle qu'il a longtemps repoussée pour demeurer près des siens, laquelle consiste à laisser le magasin au petit Loup, lui partant négocier ailleurs sa force de travail.

A La Baule, par exemple, station balnéaire renommée pour sa longue plage de sable fin, dont, au cours de l'été cinquante-deux, il s'occupa à la requête d'un de ses anciens camarades de combat – seule occasion où la guerre lui renvoya autre chose que du temps perdu, fors le petit Loup, bien entendu. Pour y faire quoi, au juste ? Sans doute quelque chose en rapport avec les concessions accordées aux clubs nautiques, les autorisations aux vendeurs ambulants, la location des cabines et des pédalos, un poste d'économe ou de contrôleur, mais de toute manière nous savons qu'il dut faire merveille, et que la plage y gagna sans doute ses galons de plus belle plage d'Europe. Car partout où il passa il en fut ainsi (pour mémoire, cette lettre de condoléances adressée à notre mère du directeur de la Maison des Instituteurs pour laquelle il avait vendu, cinq ans plus tôt, des tableaux pédagogiques en démarchant les écoles libres : Ce décès subit nous a beaucoup peiné, car nous avions trouvé en votre mari un représentant d'une classe exceptionnelle en plus d'un homme extrêmement sympathique), donc on ne se fait pas de souci : la plage de La Baule fut exceptionnellement bien tenue, nous ne pouvons que nous en féliciter. Mais, cette idée des bains de mer, c'est la preuve qu'il n'avait pas encore renoncé à appliquer le programme familial d'Alfred Brégeau, à faire aussi bien, à offrir à son épouse une sorte de citation, une piqûre de rappel, une rime riche à ses souvenirs de vacances (riche, car La Baule, c'est autrement plus valeureux que Préfailles). Mais en fait l'expérience ne fut pas reconduite, sans doute parce que la redite, cette volonté de retrouver ce qui n'est plus, est souvent maladroite et peut même se révéler mal venue si elle altère la beauté d'un souvenir, sans doute aussi parce que nous – j'étais du voyage, aux eaux, moi aussi, mais matricielles, et si l'on se livre à un rapide calcul, naissance le treize décembre, d'où conception à la mi-mars, aux grandes vacances je devais mesurer autour de vingt bons centimètres (aucun souvenir, cependant) – fîmes la moue (sable dans les souliers, humidité, et ces bathing beauties qui lui tournaient autour). Et d'ailleurs nous ne remîmes plus jamais les pieds dans l'eau. Souhaitons que ses activités permettaient à notre père de piquer une tête dans les rouleaux, le soir, une fois les parasols et les matelas rangés. Parce qu'après, c'en est fini des bains.

Mais où l'on voit que, dans ce match mer-montagne, notre mère renvoyait dos à dos les irréconciliables partisans de l'un et de l'autre (exemple : Chateaubriand le Malouin, et Rousseau le Savoyard). Elle n'était pas du genre à se laisser bercer par les illusions romantiques. La contemplation de l'océan ne l'absorbait pas plus de cinq secondes, ne lui arrachait aucun commentaire particulier, ce qui de son point de vue signifiait quelque chose comme : bon, d'accord, c'est vaste, ça bouge tout le temps, mais ça n'est que de l'eau. On ne l'imagine pas plus arpentant le bord de mer, cheveux au vent, offrant son visage aux embruns, que profitant de son séjour dans la station thermale du Puy-de-Dôme pour escalader les monts qui l'entourent et au sommet de l'un d'eux saisie par un vertige ontologique en découvrant cette mer de nuages à ses pieds, remettant en question sa vision matérielle du monde. Aussi bien ici que là-bas, dépossédée de son emploi du temps, elle s'était profondément ennuyée, et toute la littérature sur le sujet ne la ferait pas changer d'avis. Le monde, on l'éprouve, ce qui justifiait ses propos bien sentis, à quoi s'ajoutaient, pour boucler son interprétation empirique de l'univers, quelques évidences massives sur lesquelles il n'y avait même pas matière à discuter. A sa sœur en compagnie de laquelle elle avait l'habitude le dimanche de faire une promenade jusqu'au cimetière, devant la tombe de celui qui avait été son mari, elle confia ainsi, pointant d'un mouvement du menton la dalle de granite : pour moi il n'y a plus rien, alors qu'il y avait près de trente ans qu'elles accomplissaient le même rituel, toutes les deux. Du coup, il était vain devant elle de se payer de mots, de tenter une envolée lyrique, elle ne laissait pas passer grand-chose. Sans doute un héritage de sa mère, laquelle avait dépensé beaucoup de son énergie à rattraper le manque de sens pratique de son curieux mari. Mais toute formulation d'une pensée un peu rêveuse, moins dans le but d'y croire que de desserrer l'étau du réel (évoquer la possibilité d'une activité future sortant de l'ordinaire, par exemple), était sanctionnée de sa part par un haussement d'épaules sans appel. Apprenez donc à être simples. Ce qui est contraignant, ne favorise pas les élans, rogne les ailes, n'autorise pas le droit aux tâtonnements, mais, à l'usage, se révèle une position stratégiquement avantageuse. Si l'on évoque devant vous de fantastiques vacances à la mer ou à la montagne, vous pensez aussitôt à votre petite maman qui ne s'en laissait pas conter, soupirant au bout de la jetée ou au fond de la vallée.

Ce qui n'empêche que, plutôt que ce panorama de l'ennui, nous aurions aimé qu'elle rapportât de La Bourboule le souvenir d'un bonheur partagé, grandissant en même temps que s'améliorait la respiration de la petite curiste, souvenirs de promenades dans la campagne aux alentours, de conversations avec l'enfant, de ses bons mots, de repas pris en commun dans la salle du restaurant, d'histoires racontées à son chevet, le soir, dans la chambre de l'hôtel, tandis que la nuit tombe sur la ville, et que l'enfant s'endort sans même attendre la fin des aventures de Boucle d'or, de sorte que vous déposez délicatement un baiser au coin de sa bouche, avant de vous glisser sous l'imposant édredon, un livre ouvert retourné sur le drap, guettant dans le silence, rompu de loin en loin par le passage d'une automobile, l'écho régulier du petit souffle fragile. Ce qui était sans doute le cas, mais visiblement ne suffisait pas à combler le vide de ses journées.

Il y a une photo d'elle, prise dans la cour, à Campbon, sur laquelle elle tient un bébé dans ses bras – Nine, si l'on se réfère à la date inscrite au verso. Déjà, au premier coup d'œil, il est visible que les craintes de notre père étaient fondées et qu'il n'a pas totalement réussi son coup, c'est-à-dire cette transition sans dommage d'une maison à l'autre. Notre mère en blouse, à moins de penser qu'à Riaillé ils ne prenaient des photos qu'en tenue du dimanche, c'est de l'inédit. Faisons-lui confiance, bien qu'on ne lui voie pas les pieds, elle porte certainement ses petits talons, mais on ne peut s'empêcher de penser, devant cette relative déperdition, qu'entre son ancienne et sa nouvelle vie, d'un strict point de vue vestimentaire, elle a perdu au change. La coiffure aussi est moins savante, moins apprêtée, si l'on compare avec celle du temps de ses fiançailles. A sa décharge, la mode a évolué, on ne roule plus les cheveux façon studio Harcourt, et la commune recense deux coiffeurs pour hommes, dont l'un est sabotier et l'autre maraîcher – autant dire que, couper les cheveux comme l'on taille une bille de bois ou les branches d'un cerisier, le résultat s'en ressent –, et une coiffeuse pour dames qui est parfaite surtout pour notre blanche Tante Marie, laquelle ressort de chez sa vieille amie, dont le salon jouxte un débit de boisson, les cheveux violets, si bien qu'une fois tous les deux ou trois mois, un jeudi, maman prend le car qui assure la navette entre Campbon et Nantes, conduit par son propriétaire dont le nom scolairement calligraphié s'étale sur la carrosserie, d'où elle revient le soir solidement permanentée, de quoi durer presque aussi longtemps que l'odeur entêtante des petits calendriers parfumés du salon de la rue de Verdun qui imprègne le cuir de son sac à main. (Plus tard elle y emmènera ses filles, et, papa ayant ses habitudes ailleurs, à moi le maraîcher auquel il n'était nul besoin de répercuter la consigne : bien dégagé au-dessus des oreilles, c'était inné chez lui, d'autant qu'il officiait d'une main leste, gardant par la fenêtre ouverte un œil sur ses jardins, son fusil appuyé contre le fauteuil, prêt à épauler dès qu'il apercevait un merle voletant autour de ses arbres fruitiers).

Mais la blouse et la coiffure, ce ne serait rien, ni la bassine émaillée sur le rebord de la fenêtre dont nous nous doutons qu'elle sert à laver le linge délicat du bébé, ni le mur taché par l'eau qui ruisselle du toit. Il suffirait d'un sourire à l'intention du photographe ou d'une risette à l'enfant et tout s'effacerait de ces petits accommodements avec l'existence. Comme elle se présente de profil, penchée au-dessus de son bébé dont grâce à ce plan nous pouvons entr'apercevoir le nez et les yeux clos émergeant d'un bonnet de coton, on peut accorder à la jeune maman le bénéfice du doute, mais on cherche en vain une petite ride au coin de la bouche, un trait d'ombre qu'on pourrait interpréter comme le signe d'une expression béate. Peut-être faut-il en rendre responsable son étonnement. D'ailleurs elle tient l'enfant comme une débutante, qu'elle est, de fait, puisqu'elle n'a pas eu le temps avec le précédent d'affûter ses gestes tendres. Un peu gauche, un peu distante, retenant peut-être ses effusions, embarrassée, pas vraiment à son affaire, pas vraiment dans son élément. Il apparaît que c'est un talent de savoir cajoler un enfant, le bercer, inventer pour lui une foule de diminutifs, lui chantonner des chansons douces, attendre patiemment qu'il ait fini de mastiquer avant de lui tendre une autre cuiller, c'est un don, comme le dessin, la poésie ou l'art d'accommoder les restes.

D'autant qu'elle n'était pas au bout de ses peines. Après, c'est la nuit du treize décembre, et le vent d'Atlantique qui arrache les fils électriques et téléphoniques, obligeant le père à courir chercher le médecin, tandis que son épouse se tord dans les douleurs (et comme elle ne les souhaiterait pas à sa pire ennemie on comprend qu'il doit faire vite) dans la chambre du premier étage donnant sur la rue, manquant au passage d'être décapité par les ardoises qui volent de tous côtés, du moins si l'on en croit son récit, car après tout nous n'avons que son témoignage, mais on se dit que face à cette femme qui pour la quatrième fois remet sa vie en jeu il cherche à donner de l'importance à son rôle de factotum, ce qui s'apparente presque à un détournement car, enfin, il ne faut pas confondre. Or, grâce à son petit récit, c'est lui qui soudain devient le trompe-la-mort. Mais ce qui nous a un air de déjà vu, cette nuit de fureur, du moins de déjà lu, où cependant c'est quelqu'un d'autre qui brave ainsi la tempête, savoir Clotilde, la mère d'Emile. Car, en fait, contrairement à ce qui a été écrit sur ce lendemain de Noël où disparaît brutalement le père héroïque, la nuit de sa mort était une belle nuit claire, étonnamment douce pour cette période de l'année, on est donc obligé de constater qu'il a été procédé à un troc nocturne, qu'on a modifié la toile de fond par un souci de correspondance dramatique, mais, du coup, cette collusion temporelle, c'est comme si le père disparaissait la nuit de la naissance de son fils. Décidément, à cette heure tragique, la mort et la naissance se livraient à un curieux chassé-croisé. Mais, de fait, à chaque anniversaire on ne manquait pas de me rappeler cette venue au monde dans le clair-obscur de la flamme orangée des lampes à pétrole au milieu des hurlements de la tempête. Ce qui, par la suite, en dépit d'un aspect insolite, se révélait gênant, cette naissance au domicile familial, au moment de remplir les fiches d'identité. En face de la mention né à, il semblait plus valorisant pour l'ego d'inscrire Nantes, Paris, ou New-York, plutôt que cette apparition en rase campagne, ce soupçon d'arriération. Mais pas facile d'expliquer à qui ne le demandait pas que ce choix, pour anachronique qu'il parût, renvoyait à un raté cruel de la modernité, qu'en filigrane se découpait la chétive silhouette bleu pourpre du petit cholérique.

Puis elle remettait ça, notre mère, la vie et tout ce qui va avec, seize mois plus tard pour la petite dernière, pas franchement désirée, de sorte que le père, à qui elle fit payer par une migraine ostentatoire son inattention d'un soir, partit cette fois sur les routes au lieu de se contenter d'un emploi dans la ville voisine.

Dans ses derniers jours, alors qu'elle reposait, décharnée, sur son lit d'hôpital, incroyablement vieillie, comme si le temps à coups de perfusions avait décidé d'accélérer l'allure, de lui faire prendre vingt ans en quelques semaines, de sorte que, nous qui étions persuadés qu'elle était de cette même race robuste qui avait vu sa mère et sa grand-mère dépasser allégrement le cap des quatre-vingt-dix ans, nous avions une anticipation de ce qu'eût été notre mère à cet âge, parmi ses dernières paroles, dans un demi-sanglot, elle confia que toute sa vie elle avait eu le sentiment de faire son devoir. Et la forme était presque interrogative, comme si elle tenait à ce qu'on lui accordât cette reconnaissance. Que durant toutes ces années de travail, seule dans son magasin, elle avait réussi cet exploit que nous ne manquions de rien, et que c'était sa façon à elle, ne se payant pas de mots, ne croyant qu'aux actes, de dire son amour. Comme si elle redoutait qu'au final nous lui tendions un cahier de doléances, dans lequel elle aurait pu lire dans la colonne débit ce qui n'était pas de son ressort, le fait, par exemple, que les enfants n'étaient peut-être pas son fort ou que pour les manifestations de tendresse elle était un peu à court. Comme si par cette revendication du devoir accompli au prix d'un labeur acharné, de même qu'on ne fait pas grief d'un manque de résultat à un élève sérieux et travailleur, elle cherchait à se couvrir, prévenant ainsi tout reproche passé, présent et à venir. Mais ce qui revenait aussi, cet aveu, à nous faire passer que sa vie, cette vie d'astreintes, n'avait pas été une partie de plaisir, et que nous y avions été pour quelque chose.

Pour une part importante on veut bien le croire, inutile de revenir sur ses drames. Qu'elle ait ensuite consacré l'essentiel de ses forces à nous élever, entendu. Mais d'un autre côté, depuis vingt ans, si elle continuait de faire son devoir, il était abusif qu'elle cherchât à nous faire porter le chapeau. Nous n'y étions désormais plus pour rien. Ni bénéficiaires, ni demandeurs. Même si pendant cette période elle avait pu se faire à distance quelques soucis pour son fils dont on pouvait craindre qu'il ne donnât pas grand-chose, son cas, aussi désespéré fût-il, ne relevait tout de même pas de la haute cour de justice, pas même du fait divers, ou alors d'un très banal, si l'on considère qu'il n'était pas le seul à se fourvoyer dans l'estimation de ses talents, ce qui ne vaut pas trois lignes dans la rubrique enfant ayant mal tourné. Les ratages, on peut aussi considérer que c'est la loi du genre, c'est-à-dire du genre humain. Pas de quoi en faire un drame. A moins qu'elle n'estimât faire encore son devoir en répliquant à ceux, plus ou moins bien intentionnés, qui, espérant peut-être la mettre dans l'embarras ou rabaisser le caquet de l'un et de l'autre, lui demandaient des nouvelles de son grand garçon : il vit sa vie, accompagnant sa formulation lapidaire d'un geste évasif, censé évoquer à la fois un espace de rêverie et un principe d'incertitude. Réponse sans appel qui autorisait le quémandeur à changer sur-le-champ de sujet.

La réalité, c'est que, depuis qu'elle avait pris les rênes du magasin, sens du devoir ou non, elle ne semblait pas pressée d'y renoncer, y prenant même un plaisir de plus en grand à mesure que ses affaires florissaient et qu'on venait de plus en plus loin pour la consulter, au point de laisser passer l'âge-couperet de la retraite, rétorquant à ceux qui s'inquiétaient de la voir continuer au mépris des lois du travail, comme si par son entêtement elle mettait en péril tout le système de protection sociale : La retraite ? Jamais. Ce qui, cette directe façon de ne pas aller par quatre chemins, renvoyait son interlocuteur dans les cordes, obligé de lui concéder que tant qu'on a la santé, et quel était ce caprice du calendrier qui décidait qu'un jour on était apte et le lendemain plus bon à rien, et donc elle avait bien raison. D'ailleurs si, forcée d'aborder le sujet, elle évoquait l'éventualité d'un arrêt de ses activités, c'était toujours avec l'idée que bien sûr, certainement, un jour, qu'elle était suffisamment lucide pour admettre qu'il n'était pas raisonnable de penser qu'elle pourrait tenir à ce rythme jusqu'à quatre-vingts ans, mais dans l'absolu, comme elle se proposait d'une année sur l'autre de fixer cette échéance à la fin de l'an prochain, la probabilité était grande qu'elle franchît le millénaire aux commandes de son navire marchand.

Et la raison de cet acharnement, qui faisait qu'elle n'avait pas du tout envie de passer la main, c'est qu'elle estimait sans doute n'avoir pas eu son content. Naître un lendemain de Noël à quarante et un ans, l'espérance de vie s'en trouve forcément réduite. Ça vous laisse la vie de Jésus ou de Mozart, mais la jeunesse en moins, de sorte qu'on ne vous permet pas les errements, les expériences hasardeuses, il faut d'emblée atteindre à la maturité, faire ses preuves, si bien que la rapidité avec laquelle notre mère s'est acclimatée fait d'elle un génie plus précoce que tous ceux répertoriés. Comptons : dix ans pour sortir la tête hors de l'eau, retrouver ses esprits, se libérer de la contrainte familiale, prendre conscience de ses capacités, procéder à de judicieuses innovations, et, une fois la machine bien lancée, si l'on se fixe l'âge légal de la retraite, il restait à notre mère quatorze ans pour donner la pleine mesure de ses talents. Comprenez qu'au moment où elle récoltait les dividendes de son labeur il était cruel de la stopper en plein élan. Quoi, déjà ? Pas de dispense pour ceux qui ont pris la vie en cours ?

La retraite, de même que pour ses deuils, selon son principe de la vie inversée, elle l'a faite avant : quarante et un ans d'une vie modèle consacrée à la récollection, c'est-à-dire à respecter les principes et les consignes des bons pères, le sien et celui de ses enfants, passant sans transition de l'un à l'autre, sans prendre le temps entre les deux d'aller voir le monde, ou juste le temps, ce seize septembre mil neuf cent quarante-trois, à Nantes, de prendre le ciel sur la tête, ne devant d'être encore en vie qu'à ce cousin qui l'entraîne dans les caves du café Molière. Et c'est vrai que, si l'on ne peut pas faire un pas au-dehors sans recevoir des millions de tonnes de bombes, si c'est ce qu'on appelle la vie, il est plus prudent de rester à couvert, ce qu'elle fit, mère et épouse modèle, silencieuse, dont les milliers de pas et de gestes semblaient si naturels qu'on les remarquait à peine. Car bien sûr il y a une vie avant la mort, mais comme en attente, involutée, jusqu'à ce soir du vingt-six décembre où sonne brutalement son heure, alors que dans la salle de bains voisine son homme entre en agonie et qu'elle martèle la cloison pour appeler à son secours l'oncle Emile, lequel, s'il a la télévision, pour ne pas être dérangé quand il la regarde, n'a pas le téléphone, c'est pourquoi, alors qu'elle a sans doute tenté en vain d'appeler le médecin, elle a recours à ce procédé rudimentaire digne de la brousse, à ce roulement de tambour de guerre. Car, personne n'en doute, l'heure est grave, avant même d'être déclarée cette guerre vient de faire une victime, même si, alors que le grand corps s'est effondré brutalement, on ne sait pas d'où le coup est parti. Mais elle est prête, comme ces femmes qui ramassent les armes de l'époux tombé et font preuve soudain d'une vaillance surprenante, d'une énergie insoupçonnée, alors qu'il suffisait de prendre en compte la somme de pas et de gestes pour calculer la phénoménale puissance de celles-là, comme s'il fallait que celui-là s'effondre, qui faisait écran, pour s'en apercevoir. Mais cette fois nous y sommes. La stupeur est telle que nous ne percevons que l'imminence de la fin d'un monde. Il nous semble qu'elle va être entraînée dans la chute de celui qui avait empire sur elle, ou, comme jadis, qu'on exigera d'elle qu'elle s'immole et suive le prince dans sa tombe. Ses poings qui font résonner sourdement le mur de soutènement, ses cris, comment ne pas être alarmé par le spectacle de notre emmurée ?

Nous n'aurions pourtant pas dû douter de sa force. Elle a accumulé pendant ses années d'internement de quoi renverser des montagnes. Ce tapage de détenu qui communique sa présence au monde des vivants annonce l'imminence de son évasion. Pour cela elle appelle à son secours Emile, le magicien prodigieux, celui qui est en mesure de dématérialiser une pièce de monnaie, de la remplacer en un claquement de doigts par une autre d'une valeur différente. Nous allons assister à un formidable tour de passe-passe, plus fort que celui de la malle des Indes. Il faut imaginer un voile jeté sur la croix, un spectateur invité ensuite à tirer dessus d'un coup sec et découvrant médusé, à la place du crucifié, un envol de colombe. Nous n'aurions pas dû douter. Il nous revient maintenant comment, pour lui permettre de s'évader, elle fit s'écrouler la prison d'Edmond

Dantès, alias le comte de Monte-Cristo, en lâchant sur Nantes, le seize septembre mil neuf cent quarante-trois, des tonnes de bombes qui firent voler en éclats le château d'If, le cinéma Le Katorza et la ville. Vingt ans après, comme Edmond Dantès se substituant au corps de l'abbé Farias dans le sac que les gardiens de la forteresse vont jeter à la mer, comme Edmond Dantès, pour sortir de l'ombre, elle va prendre la place du mort.

II

Elle ne lira pas ces lignes, la petite silhouette opiniâtre qui courait après le temps perdu, traversant la vie à sa manière toujours pressée, en trottinant sur ses inévitables petits talons, la tête rentrée dans les épaules, le front volontaire, les bras le plus souvent chargés de colis, comme si elle cherchait à combler son retard, ayant tellement mieux à faire que de prendre littérairement la pose, nous suggérant à son passage éclair dans le couloir, par la porte ouverte de la cuisine où nous sommes attablés, tandis qu'elle court chercher dans l'entrepôt le verre manquant d'un service vendu dix ans plus tôt : commencez sans moi, ou, ne m'attendez pas, et que, comprenant immédiatement de quoi il retourne, nous choisissons prudemment de placer la soucoupe au-dessus de sa tasse afin de maintenir son café au chaud, qu'elle boira froid de toute façon, car elle ne reviendra pas de sitôt et elle déteste le café réchauffé, mais, maintenant que le magasin est ouvert, jusqu'à l'heure de sa fermeture, nous devrons composer avec notre comète laborieuse.

Ce qui nous a agacés longtemps, cette impression de ne

pas faire le poids face à la raison du commerce, de passer après madame X et le verre brisé de son service auquel elle tient tant car c'est un cadeau de son mariage, reçu de son oncle et de sa tante, ceux qui habitent dans le village de, informations de toute première importance dont maman scrupuleusement nous tiendra informés, tandis qu'entre deux coups de sonnette à la porte du magasin, debout près de la cuisinière en émail blanc, elle avale d'une traite son café froid en grimaçant, s'apprêtant immédiatement à reprendre son service, glissant, au moment de reposer tasse et soucoupe sur la table : chaud, c'est quand même meilleur, avant de voler vers le nouvel arrivant, qu'elle présuppose être une arrivante, puisque dans le couloir, avant même de pousser la porte battante qui donne accès au magasin, elle lance : une seconde, madame, j'arrive, et ce n'est qu'une fois en présence du client qu'éventuellement elle rectifie le tir, en riant, oh excusez-moi, monsieur.

Et, bien sûr, personne ne lui en veut. Sinon nous, un peu. Qui l'avons accompagnée dans cette traversée des ténèbres, qui d'une certaine manière sommes descendus avec elle dans la tombe où tout est sombre et silencieux, comme la mort, d'où nous avons cru, comme elle, qu'elle ne ressortirait jamais, qui l'avons vue, pourtant, avec soulagement, revenir à la surface de la terre après ces dix longues années de remontée, et lancer son grand rire moqueur, prendre la vie, comme ses colis, à bras-le-corps, et courir, courir, tandis que c'est nous, sonnés bien plus qu'elle peut-être, qui peinions à regagner nos existences. Car la menace entendue par la petite fille au retour de l'école, alors qu'elle traversait en sautillant le magasin, la jeune veuve l'avait formulée autrement devant la dalle de granite gris qui devenait notre lieu de pèlerinage dominical, et où nous nous livrions à un peu de jardinage, arrachant les mauvaises herbes autour des pieds de bégonias plantés dans la jardinière devant la sépulture, changeant l'eau des vases dans lesquels des fidèles du défunt continuaient de déposer des fleurs fraîches, avant de terminer notre visite par une minute de silence recueillie pendant laquelle la figure de notre père s'entourait d'un halo propre aux sanctifiés. Et c'est ce moment plein de gravité, entièrement occupé par l'idée de la mort, qu'elle avait choisi pour nous suggérer, son tour venu, que nous gravions son nom symétriquement à celui du disparu, de l'autre côté du pied de la croix couchée, se penchant pour bien nous montrer l'emplacement, à gauche, vierge de toute inscription, nous annonçant presque sous la date de sa naissance celle de son départ prochain.

Or vous avez entre dix et quatorze ans et, après ce que vous venez de subir qui remonte à un mois ou deux, peut-être, après ce coup terrible que vous venez de recevoir sur la tête, il vous semble que l'urgence n'est pas là. Il vous semble que ce n'est pas trop abuser que d'espérer un délai de grâce. Alors, en prenant un air détaché, vous déclarez que vous n'êtes pas pressés, et vous vous regardez tous en souriant, comme si par ce pauvre mot à l'esprit convenu vous vous faisiez fort de retarder au plus loin l'échéance. Mais ce n'est pas tombé dans l'oreille d'un sourd. Sentant confusément que ce n'est pas dans la poche, ce sursis que vous venez de réclamer, vous vous constituez bientôt en garde rapprochée, veillez sur la survivante comme sur une candidate au suicide, organisez des tours de garde, faisant en sorte de la laisser seule le moins possible, de sorte que vos vacances, pourtant votre alternative au pensionnat honni, vous les passez près d'elle, et ne sollicitez même pas d'aller voir ailleurs, à la plage ou à la neige, où de toute façon l'ennui serait aussi grand. Car, depuis ce lendemain de Noël, c'est comme si vous étiez à l'ombre à observer la vie se dorer au soleil. Vous n'avez donc rien trouvé de mieux que de demeurer à l'écart, où du moins vous n'avez pas d'explications à donner. C'est le tribut, cette solitude, que vous acquittez pour n'avoir pas à avouer que vous n'y arrivez pas. A quoi ? A faire avec.

Les vacances, vous les passez donc enfermés dans la demeure familiale. Les événements étant rares, vous devez en tirer un profit maximum. Les trois premières semaines des congés d'été, vous pouvez ainsi compter sur le Tour de France, qui revient fidèlement chaque année – il n'y a que les guerres pour l'arrêter, et on comprend pourquoi, car il se trouverait toujours un tireur embusqué sur un toit pour faire un carton sur le maillot jaune –, dont l'arrivée de l'étape du jour est retransmise en direct sur l'unique chaîne de télévision, laquelle, sur les conseils de l'oncle Emile, a fait son entrée depuis peu à la maison. Pour saluer l'événement, Marc-Antoine Charpentier a composé tout spécialement un Te Deum dont les timbres flamboyants signalent que les coureurs sont en vue de la banderole annonçant les vingt derniers kilomètres. Ce qui, de notre point de vue, n'est jamais assez. Notre seul espoir c'est que, coup de fatigue ou mauvaise humeur, le peloton aura flemmardé sur la route, arrivant plus tard que prévu, repoussant ainsi la fin de la retransmission jusqu'à presque faire la jonction avec le programme du début de soirée. Autant dire, dans ce cas de figure idéal, que votre après-midi est sauvé. Car à partir de là vous n'avez plus de souci à vous faire. Comme vous regardez tout, jusqu'à la dernière image, autour de minuit, le problème de l'occupation de la fin de journée se trouve réglé. Que des chanteurs chantent, que des vachettes bousculent des garçons de café, que des prestidigitateurs fassent disparaître la Joconde, ou que du haut de la tour de Nesles on précipite les amants de la reine, la qualité du spectacle importe peu. Dans cette traque au remède à l'ennui, vous n'êtes pas exigeant. Tout est bon qui comble les heures. Ce qui ne va pas de soi dans le vide des vacances. Ainsi, une fois le bouquet final remis au vainqueur du Tour, celui-là une dernière fois embrassé par une reine de beauté, alors qu'il reste un mois et demi avant le redouté retour au collège, vous en êtes réduit à espérer qu'il pleuve à Paris, et donc à consulter chaque matin dans « La Résistance de L'Ouest » la carte du temps. Car la chaîne unique décide alors, en guise de consolation, de rouvrir exceptionnellement son antenne pour diffuser une rareté cinéphilique du genre « Le Merle blanc », qui, de fait, remplace avantageusement le soleil et vous permet de commenter avec l'oncle Emile les mérites d'acteur de Jean Tissier, mais on constate tristement que la météo dans la région parisienne est plus clémente que dans l'Ouest et qu'on n'accorde les privilèges qu'aux nantis.

Il y a bien sûr le magasin, la vente, à laquelle depuis tout petits nous avons été entraînés, mais maintenant nous traînons les pieds, trouvons ridicule de nous compromettre dans ces transactions mercantiles, nous sentons humiliés de nous plier à ce rituel où l'on doit complaire au client, ne jamais s'énerver, ne jamais renvoyer celui-là et ses exigences, supporter que parfois il nous regarde de haut sous prétexte que nous habitons un trou de campagne, en nous faisant remarquer que décidément il n'y a qu'en ville, que l'on peut trouver l'extracteur à bigorneaux dont il a absolument besoin, et maintenant nous devons endurer ses jérémiades, et comment il va faire sans son extracteur, et les invités qui vont arriver, et aurions-nous par hasard – comme si notre fond de commerce relevait du hasard – un plat à pilpil ? non ? Ce qui fait que nous restons terrés dans la cuisine, attendant que la pluie tombe sur Paris, au lieu que c'était presque un jeu, au temps de l'enfance, cette précipitation aussitôt que la sonnerie stridente de la porte du magasin annonçait un client, ce dont on s'enorgueillissait quand la plupart des boutiques utilisaient encore le carillon, suspendu au-dessus du chambranle, entrechoquant ses tiges de cuivre.

Même si cette sonnette n'était pas sans inconvénient : parfois pour un contact imparfait, ou une coupure de courant, elle demeurait muette, de sorte que le client impatient, passé un délai de latence raisonnable, se chargeait de signaler lui-même sa présence en toussant, discrètement d'abord, moins une toux qu'un raclement de gorge, puis, exaspéré qu'on fît si peu cas de sa personne, de plus en violemment, si bien qu'avant de nous précipiter nous pensions presque à appeler le médecin – mais c'était une blague, bien sûr – et d'autres fois la porte mal refermée bloquait la sonnette, déclenchant un continuum strident qui nous broyait les tympans, et nous ragions après celui-là qui n'avait pas idée de repousser la porte, et nous accueillait avec un large sourire, satisfait de nous voir nous ruer sur lui, le bousculant à moitié avant d'empoigner le bec de canne et d'une pression brutale mettre fin au sinistre. Mais il n'était pas question de risquer la moindre remarque, d'émettre devant l'entrant l'hypothèse selon laquelle vous êtes sourd ou quoi. En ce temps-là, nous étions corvéables à souhait, attendant d'en avoir fini avec le dernier client pour fermer le magasin. Et c'est à celui-là, le retardataire, qu'allait notre compassion, car cette visite nocturne – il s'en lamentait suffisamment devant nous, bredouillant quelquefois des excuses quand il pensait à s'excuser –, il fallait en rendre responsable la dureté de son travail et des horaires élastiques, lesquels le contraignaient à devoir attendre neuf heures du soir pour faire ses courses et se procurer un indispensable – alors que nous nous proposons de nous mettre en quatre pour tenter d'adoucir cet humiliant quotidien – œuf en plâtre (ou en bois, un soupçon plus cher, mais l'avantage d'être incassable) destiné, ce leurre, à inciter ses poules à pondre et couver au même endroit – mais au fait, à cette heure-là, vous nous inquiétez, ne sont-elles pas couchées ? des poules insomniaques ? Bon, nous voilà rassurés, et donc, pauvre humanité souffrante, vous n'avez pas encore dîné ? Notez que nous non plus. Mais il ne note pas, ne s'en soucie pas. Dans son esprit d'exploité universel, les commerçants appartiennent à l'autre camp, où l'on n'a qu'à se tourner les pouces, la nourriture vous tombe toute cuite dans le bec. Car enfin, demeurer derrière un comptoir à jouer à la marchande, rendre la monnaie, sur le mode de et dix qui font cent, c'est à la portée de toutes les petites filles, un jeu d'enfant. D'ailleurs, ne vous inquiétez pas, vous nous réglerez une autre fois. Nous comprenons que les temps sont durs, que la tournée des cafés assèche le porte-monnaie et sommes disposés à attendre la bonne fortune d'un pari gagnant dans la prochaine réunion hippique.

De même nous secourions chaque nuit de Noël – à peu près toujours les mêmes que nous nous étonnions certaines années de ne pas voir, les soupçonnant de nous avoir été infidèles – les maris distraits qui soudain, comme les cloches sonnaient de la messe de minuit, s'avisaient qu'ils avaient oublié ce rendez-vous de la crèche et des souliers à garnir, mais avec quoi, c'est embêtant, ce retour, tous les ans, cette obligation des cadeaux, si bien qu'à la fin, elle – l'épouse – a tout, et donc, de Fête des mères en père Noël, n'a plus besoin de rien, alors, que me conseillez-vous ? Mais en général peu difficiles, arrêtant leur choix sur une casserole ou un vase, ça ira comme ça, nous demandant de faire le paquet pendant qu'ils filent à la messe, un coup d'œil à la montre, ils vont se faire sermonner, et donc, le cadeau, ils le reprendront au retour, vous serez encore ouvert ? Quelle question, il ne sera, somme toute, qu'une heure du matin, nous précisant, pris soudain d'une crainte d'abuser, qu'ils n'exigent pas la faveur autour du paquet, pas la peine, inutile de se mettre en frais, et c'est nous qui insistons, tout de même, ça donne un petit air de fête, d'autant que pour l'occasion nous collons, à cheval sur le ruban, une étiquette en forme de feuille de houx, dont la gomme adhésive laisse au bout de la langue un goût d'amande amère, et sur laquelle on peut lire en lettres d'or sur fond vert, Joyeux Noël, laquelle, demain nous remiserons dans le tiroir du comptoir jusqu'au vingt-cinq décembre prochain. Alors, autant en profiter.

Le dimanche, et c'est officiel, nous nous accordons un après-midi de congé. Mais frappez et on vous ouvrira, ce dont ne se privent pas quelques promeneurs, au nom de la nécessité, d'un petit bonjour à donner, ou du passe-droit de l'amitié. Car le dimanche après-midi – Dieu n'est pas seulement partout mais tout le temps – il y a les vêpres, ce qui veut dire, à la sortie, les indispensables œufs en plâtre (ou en bois) qui font subitement défaut, ou les joints en caoutchouc pour la mise en conserve des haricots verts du potager qui ne peuvent attendre, ou un anti-monte-lait, sorte de monocle pour cyclope, dont on se demande ce qu'il peut empêcher, mais vite car le lait va déborder, ou une bouillotte car par ce froid la dernière a explosé, inondant le matelas, bouillotte trop pleine, d'eau trop chaude, diagnostiquons-nous scientifiquement, nous lançant dans un cours de physique, la vapeur occupe un plus grand volume, et si elle n'a plus de place, rappelez-vous, Denis Papin et sa marmite. Ou encore, à l'improviste, sans besoin particulier, après avoir pressé abondamment le bouton de la sonnette, l'endimanché, d'un air innocent, peut-être n'étiez-vous pas ouvert ? Sûr que je ne vous dérange pas ? Dans ce cas je me demandais si vous n'auriez pas – et là, immédiatement nous dressons l'oreille, abandonnant notre mauvaise humeur, le grand défi est lancé, que n'aurions-nous pas ? nous nous faisons fort de répondre aux besoins avouables de la campagne hors la nourriture, l'habillement, la semence et les machines agricoles, autant dire, cette suspicion d'un article manquant, improbable, tant la liste est longue des trésors que recèle notre magasin, dont vous ne voyez que la pointe de l'iceberg, à quoi s'ajoute la réserve dans l'entrepôt du jardin, qui nous vaut de lancer le très mystérieux, attendez, je vais voir s'il m'en reste, et c'est là que notre mère passe précipitamment dans le couloir et repasse quelques minutes plus tard, secrètement soulagée, les bras chargés – à défaut de l'extracteur à bigorneaux et du plat à pilpil – de la rareté du jour.

Car depuis le drame, elle, si entourée du temps de son dispendieux mari qui n'hésita pas à se tuer à la tâche pour lui éviter la corvée des travaux domestiques, doit maintenant faire face, seule – elle a signifié à la jeune Marie-Antoinette qu'elle ne pouvait plus la garder –, de la maison au magasin, au prix d'incessants allers-retours, demandant à la cliente de patienter un instant, l'encourageant à réfléchir, le temps qu'elle baisse la flamme sous une casserole, ou débranche le fer à repasser, ou mette une tournée de lessive en marche, revenant en courant poser la question fatale : alors, vous êtes-vous décidée ? dont elle connaît d'avance la réponse : j'hésite encore, et elle : prenez votre temps, allant même jusqu'à proposer : emportez les deux modèles pour montrer à votre mari, à vos enfants, à votre mère, aux jeunes époux, gardez celui qui aura été choisi, mais que cela ne vous oblige pas, vous pouvez tout aussi bien rapporter les deux si aucun ne vous convient, et toutes sortes d'arrangements qui traduisaient chez elle une conception singulière du commerce où la qualité de l'échange et le service rendu avaient plus de prix que l'affaire réalisée. Prostrés autour de la table de la cuisine, nous la voyons ainsi s'affairer en silence, mobiliser l'ensemble de ses forces à assurer ce qui constitue l'essentiel, à ses yeux, l'objectif qu'elle s'est fixé pour le bien-être de ses enfants : les repas, le linge et le coût des études, après quoi elle s'autorise à vous laisser vous débrouiller.

Ne comptez pas, par exemple, discuter avec elle de votre orientation future, du bien-fondé de vos options scolaires, du choix d'une filière, des mérites comparés des différentes voies possibles. L'avantage d'être orphelin de père, c'est qu'on ne s'embarrasse pas avec ce genre de questions. Bien sûr, il n'est pas déraisonnable d'attendre de l'esseulée qu'elle prenne le relais et, endossant les prérogatives du disparu, s'inquiète d'un air grave auprès de l'adolescent : as-tu pensé à ce que tu aimerais faire plus tard ? aux études pour y parvenir ? comme cela se passe ailleurs, sans doute. Mais l'urgence dans laquelle se tient votre mère après la perte brutale de l'époux ne lui permet pas ce type de préoccupations. Non qu'elle se désintéresse de votre avenir. Mais comment demander à l'esprit de se projeter si loin en avant quand son objectif de chaque jour est d'atteindre le jour finissant ? Et ceux qui ont connu la jeune veuve savent qu'elle fut pendant des années ce corps sombre qui s'arc-boute de toutes ses forces pour résister à la tentation d'en finir. Et comme vous-même trouvez déjà bien compliqué de réduire cette fracture de temps entre la fin de l'étape et le début du programme de la soirée, les interrogations sur votre lointain, il sera toujours temps d'y songer le moment venu, autant dire à la saint-glinglin.

Ce qui fait que, le jour venu du saint en question, n'ayant aucune vocation particulière à quoi que ce soit qui ressemble à un travail (en quoi l'étude des lettres vous facilite grandement la tâche, dont on n'attend rien de concret), vous trouvez tout à fait saugrenu d'entendre vos camarades discuter gravement de leur avenir, évoquer très sérieusement la perspective de la recherche d'un emploi, et pour s'y préparer s'arrachant les places de surveillants et de suppléants dans les collèges, placardant chez le boulanger des petites annonces où, étudiants sérieux, ils se proposent de donner des cours de tout ce qu'il est possible d'enseigner, de la maternelle au doctorat, s'arrachant les enfants pour les garder le soir, se disputant les vieilles dames pour leur faire la lecture, distribuant les prospectus, servant dans les bars, lavant les voitures, les plus déterminés allant jusqu'à réviser les programmes concernant la distribution du courrier afin de se présenter avec le maximum de chances au concours de la Poste. Ce qui vraiment vous surprend. Maman ne vous a rien dit (son seul conseil se résumant à ceci : faites ce que vous voulez sauf reprendre le commerce). Alors, voyons, qu'avez-vous à votre actif qui pourrait vous faire valoir, vous permettre une entrée triomphante dans la cour des grands ? C'est vrai que vous ne discernez pas grand-chose à votre horizon. L'inventaire est rapide. Trois accords de guitare sur lesquels vous fredon nez un semblant de mélodie et, comme vous avez découvert, enthousiaste, qu'amour rimait avec toujours, en combinant les uns avec les autres, vous rêvez que peut-être. Votre maman à laquelle vous ne confiez rien, officiellement n'a pas d'avis, qui, spectatrice de vos efforts artistiques, ne vous décourage ni ne vous pousse, mais parfois vous vous demandez, tandis que, les yeux fermés, vous cherchez l'inspiration, et qu'au moment de les rouvrir vous croisez son regard, si ce qu'elle éprouve à votre égard n'est pas de l'ordre, au mieux, de la commisération.

De même, en ce qui concerne les lancinantes questions tournant autour de. Il ne vous serait pas venu à l'idée de lui en toucher deux mots. L'ombre de Henry Bordeaux plane toujours, qui s'interpose dès qu'un homme et une femme s'approchent l'un de l'autre. Du coup, pas moyen de découvrir ce qui se passe entre eux. En parler à votre père n'eût sans doute pas été plus commode, mais au moins vous vous souvenez de l'avoir vu dans des exercices de séduction. Et visiblement pas intimidé. Très à l'aise avec les femmes, qu'il fait rire et pour lesquelles il n'hésite pas à sortir son couteau. Pour la bonne cause, bien entendu. Ainsi à l'occasion d'une sortie dominicale et de la visite d'un zoo. A La Flèche, peut-être, où, alors que tombe une pluie fine, un homme du parc exhibe un aigle perché sur son avant-bras enveloppé d'un mantelet de cuir. La ménagerie ne se limite sans doute pas à l'exposition de rapaces, sans doute y trouve-t-on tout ce qui, à caractère un peu sauvage, peut tenir derrière des barreaux, mais en fait l'événement marquant de la visite se passe du côté des civilisés, dans l'allée où une succession d'averses a rendu le sol en terre glissant, obligeant les visiteurs à regarder où ils posent les pieds pour éviter les flaques, ce qu'oublie de faire une jeune fille, attirée par le rapace peut-être, ou son dompteur, ou comptant sur la vigilance de l'amie qui lui tient le bras, mais qui soudain dérape et, comme nous passons tous les cinq à sa hauteur, s'affale dans une flaque de boue. Elle est vêtue d'une robe d'été à fleurs, évasée à partir de la taille, qui s'est remontée au moment de sa chute, de sorte que toute sa jambe gauche jusqu'en haut de la cuisse est maculée de boue. Se relevant avec l'aide de son amie, constatant l'ampleur des dégâts, elle reste là, pétrifiée, riant et se lamentant à la fois, n'osant plus faire un pas, un pied en suspension hors de sa chaussure, un escarpin blanc, qui gît couché au milieu du chemin comme un bateau échoué sur le rivage, la main droite en appui sur l'épaule de sa consolatrice, qui rit et se lamente aussi, tandis que les passants s'arrêtent, compatissent et ne font rien.

Sauf celui-là, le grand monsieur aux cheveux blanc, qui, estimant d'un coup d'œil la situation, retrouvant ses réflexes d'homme d'action, comme d'une trousse de premier secours, tire un couteau de sa poche, celui, le fameux, tout en inox, auxiliaire indispensable du voyageur de commerce, avec lequel il sectionne d'un coup sec les ficelles qui entourent les paquets, resserre une vis, ajoute un trou à sa ceinture de cuir, et le cas échéant débouchonne ou décapsule une bouteille. Seulement, cette fois, même si nous connaissons les infinies possibilités de son arme de guerre, il nous paraît qu'aussi perfectionnée soit-elle, on ne l'imagine pas en mesure de résoudre un problème comme celui-là. Il ne s'agit tout de même pas d'amputer la jeune fille sous prétexte que sa jambe est tachée. Et pourtant vous le voyez dégager du bloc d'inox, en y enfonçant l'ongle de son pouce, la grande lame et, tout en tenant des propos apaisants, s'avancer son couteau à la main, puis s'accroupir devant la jeune fille, laquelle, après un échange de regards avec son amie, n'ose plus bouger, suspend son rire, se rassure peut-être à l'idée que la scène ne se passe pas au cœur d'une forêt sombre, mais au vu et su de la foule qui commence à s'agglutiner, et que donc il n'est sans doute pas utile de hurler au loup ou de s'enfuir précipitamment à cloche-pied, et finalement se laisse faire tandis que notre père, à ses genoux, entreprend délicatement de gratter la boue sur la jambe qui s'offre à lui, comme pour une séance de rasage, en partant du haut de la cuisse, essuyant régulièrement la lame sur une pierre du chemin pour y déposer un trop-plein de vase, reprenant son travail de barbier, s'appliquant à peaufiner, assisté maintenant par la jeune fille qui, tentée parfois pour rétablir son équilibre précaire de poser sa main libre sur les cheveux blancs de son sauveur, maintient le bas de sa robe relevée afin de lui faciliter la tâche, ne consentant à la rabaisser qu'une fois toute trace de boue sur sa jambe disparue, comme après l'intervention d'une lessive magique, s'avisant seulement à ce moment que la femme en bordure du chemin, à l'écart, qui regarde la scène, entourée de ses trois enfants, est sans doute l'épouse de l'homme au couteau, d'où ce sourire un peu crispé sur ses lèvres fines, alors qu'elle observe son mari enfiler maintenant l'escarpin blanc au pied de la spécialiste de la glissade.

A son air pincé on comprend instantanément qu'elle ne trouve pas l'épisode à son goût, que pour ce petit théâtre impromptu, ce marivaudage en public, elle eût préféré que son homme se choisisse un autre rôle que celui du valet au pied de la soubrette. Mauvaise influence de Passepoil et de Planchet. Oh, bien sûr, elle ne lui fera aucune réflexion, aucune remarque, d'autant que comme à son habitude, il s'en tire à son avantage, plaisantant maintenant avec les visiteurs qui se sont rangés à son côté, tandis que la jeune fille s'éloigne, cramponnée au bras de son amie, pressée de rentrer se changer malgré tout. Mais il n'est pas besoin de la connaître beaucoup, notre mère, pour deviner sa contrariété. Assise à côté du chauffeur, lèvres scellées, sourcils froncés, elle va s'enfermer dans un mutisme boudeur qu'elle ne rompra, passé un délai d'incubation, que par une réflexion à la fureur mal contenue, s'accompagnant d'un tremblement nerveux du menton, dont les propos ne traduisent qu'une toute petite partie de son mécontentement, de même que dans une cour de récréation l'enfant démuni, au bord du sanglot, ne trouve à opposer à ses détracteurs qu'une pauvre parade du genre je vais le dire à ma mère, eh bien elle, notre mère, c'était du même ordre ses rebuffades verbales, exprimant soudain sa colère par une phrase comme celle-ci : de toute manière je sais très bien ce que je veux dire, qui ne laisse pas de nous étonner, car jusqu'alors elle s'est réfugiée dans un silence têtu, dont nous ne percevions que l'entrechoquement sourd des pensées sous le front plissé, et donc, en même temps que vous ressentez la menace affleurante, vous demeurez circonspects, car enfin, de quoi précisément s'agit-il ?

En vérité, vous avez tort de jouer à l'étonné, car, ce dont il s'agit, vous le savez. Il existe deux domaines où elle perd pied. Dès lors qu'on met en cause sa vision pragmatique des choses – inutile donc de lui faire admettre l'existence des extra-terrestres ou de tout ce qui heurte son sens des réalités –, en quoi le succès de son magasin depuis qu'elle en a pris seule les commandes la confirme dans la justesse de ses analyses (exemple : mieux vaut proposer des articles à des prix réduits que de s'endetter en entreprenant de coûteux travaux de réfection de la vitrine qui n'attirera, sous son aspect flambant neuf, que les représentants) et la sexualité. Par sexualité, entendons le modèle courant qui consiste à appareiller une femme et un homme. Pour le reste, ces jeux permutatoires, ces associations variées, Achille et Patrocle, Léda et le Cygne, Hercule et sa tunique, Pénélope et sa toile, ce n'est pas qu'elle y trouvait à redire, simplement elle n'y croyait pas. On la faisait marcher. Vous me faites marcher, en même temps qu'elle hausse les épaules et tourne la tête de trois quarts, sourcils levés et paupières closes. La sexualité, c'était une sorte de convention, un rituel qui commençait le soir des noces entre les jeunes époux par un passage obligé, voire forcé. A partir de là, tout devait se dérouler exclusivement entre celui-là et celle-là qui s'étaient ouverts l'un à l'autre. Sur notre père, même si par cette affirmation elle exprimait aussi la nature de ses doutes, elle prétendait, comme un gage de son honnêteté, et donc de sa fidélité, qu'il avait pu l'emmener partout où il était passé, c'est-à-dire dans les restaurants et les hôtels qu'il avait l'habitude de fréquenter au cours de ses tournées bretonnes, ce qui sous-entendait qu'il n'avait rien à cacher, que sa conduite avait été en tous points irréprochable – et ce n'est pas ce malheureux coup de couteau dans leur contrat qui pouvait la faire changer d'avis –, puisque, tenez, je vous présente ma femme. Ce qui ne préjuge pas du contraire (sans doute avait-elle raison, même si nous aimerions rencontrer cette femme, d'un âge certain, maintenant, mais avec ce quelque chose de nerveux encore dans la jambe, qui à l'évocation du grand homme s'illuminerait soudain, et soupirerait doucement : ah, Joseph, tandis que peu à peu ses yeux se voilent, et que ne pouvant dissimuler son trouble, elle s'excuse en essuyant du bout d'un doigt une larme qui point à l'angle de sa paupière délicatement fardée : pardonnez-moi, mais j'aimais beaucoup votre père), ce qui n'implique pas qu'il faille l'accuser de manœuvres machiavéliques, mais ne constitue pas non plus une preuve irréfragable. Car enfin la Bretagne est suffisamment grande pour y cacher un amour secret.

Mais ce qui augure mal d'une vie amoureuse pour la restée en rade. De sorte qu'on peut craindre que cette pratique inaugurée un cinq juillet n'ait pas survécu à la disparition de l'époux présenté comme exemplaire. Une rigueur affichée qui était peut-être aussi un moyen commode pour n'avoir pas à justifier sa nouvelle vie solitaire dont elle commençait peut-être à entrevoir les avantages, même si au cours de sa lente remontée il arriva que notre mère nous annonçât de loin en loin qu'un représentant l'avait invitée à déjeuner, invitation qu'elle dût accepter une fois ou deux, mais en présentant la chose de telle sorte – nous avions travaillé toute la matinée, les magasins d'alimentation étaient fermés et le réfrigérateur vide – qu'il ne fallait pas rêver pour elle d'un cinq à sept avec l'homme de passage. Manière de nous dire aussi, il ne tiendrait qu'à moi de rompre avec cette vie. Ce qui, le temps passant, nous eût pourtant bien arrangés, que la relève arrivât. L'irremplaçable commençait à nous devenir encombrant.

Par exemple, vous avez seize, dix-sept ou dix-huit ans, et vous vous apprêtez à vivre un pesant tête-à-tête avec votre mère que vous n'avez pas voulu abandonner en ces fêtes de fin d'année qui encadrent le terrible anniversaire. Et spécialement ce soir-là qui clôture l'année et bascule dans la nouvelle. Or vous savez qu'au même moment tous les garçons et les filles de votre âge se préparent fébrilement à fêter l'événement, c'est-à-dire à tomber dans les bras les uns des autres, sous le gui ou n'importe quoi, en buvant ce qui se trouve à portée pourvu que les quelques degrés d'alcool assurent l'ivresse du moment, alors que la Terre entame un nouveau tour du Soleil et que décidément plus rien ne sera comme avant. Au lieu que pour vous, qui avez décliné des invitations pour tenir compagnie à votre mère, ou plus sûrement que personne n'a pensé à inviter, ça ressemble étonnamment, dans un registre aussi sombre, à ce que vous avez déjà connu. C'est-à-dire une soirée de télévision avec ceci de particulier qu'à l'écran les présentateurs ont revêtu un costume digne du monsieur Loyal de la Piste aux Etoiles, quand chez l'oncle Emile vous assistiez autrefois aux exploits des funambules, dompteurs, contorsionnistes, illusionnistes, équilibristes annoncés avec force paillettes, smoking au revers satiné, et hauts-de-forme lustrés, bien qu'ici l'exploit consiste principalement à décompter le temps qui vous sépare de cette heure du crime qui achève l'année. Un compte à rebours que vous redoutez par-dessus tout pour ce moment final où les présentateurs scintillants comme des arbres de Noël, excités comme s'ils assistaient à la naissance de l'univers, lancent cet appel à enlacer sa cavalière au passage de l'année. Or vous êtes seul avec votre mère, n'ayant d'autre ressource à cet instant que de vous pencher vers elle pour l'embrasser en lui souhaitant, quoi : tout le bonheur du monde ? Ce qui se traduisait pudiquement par quelque chose comme : la santé avant tout. Mais, avant tout, cela veut donc dire avant l'amour. Or, à dix-sept ans, vous ne croyez pas une seconde qu'un foie en bon état vaille mieux que le bonheur de serrer une femme aimée dans ses bras. Mais va pour la santé, puisqu'on ne peut rien dire de l'essentiel, à quoi votre mère en échange rajoutait à votre endroit ses meilleurs vœux de succès, ce qui visait les études. Donc rien de bien attrayant pour l'année en cours. Mais au moins le plus dur, cette cérémonie des faux-semblants (attendu qu'il ne faut rien attendre, attendu que la vie est ce qu'elle est, attendu que demain sera un autre jour identique à la veille) était passée. De quoi souffler jusqu'à l'année prochaine.

Après quoi, soulagés, tristes de n'avoir pas mieux à offrir à l'autre que cette soirée de télévision, quand partout explosent les feux d'artifice, nous subissions en silence le défilé des artistes invités qui, verre de champagne à la main, étalaient leurs projets mirifiques pour cette année qui démarrait en beauté et, pas chiens, offraient aux solitaires devant l'écran tout ce que la vie d'ordinaire leur mégotait. Un si grand bonheur dans autant de petites bulles, ils n'arrivaient visiblement pas à le garder pour eux seuls, alors on s'efforçait d'être heureux pour ne pas gâcher leur plaisir. Ensuite, il ne nous restait plus qu'à guetter le moment propice, un changement d'émission par exemple, pour donner un tour définitif à cette comédie des masques en montant nous coucher.

Mais une année, à force de ne rien voir venir, vous décidez de prendre votre destin en main. Ça ne va pas se passer comme ça, c'est-à-dire pas comme l'année écoulée, et celle-là comme la précédente. Dorénavant ç'en est fini d'être une marionnette triste dans un théâtre de poche. De ce moment choisi par vous comme un vrai point de départ, la vie va se mettre en marche avec son cortège de surprises heureuses. Mais pour ce faire, il ne faut pas attendre que les choses daignent arriver toutes seules, ne pas rester les deux pieds dans le même sabot. Il faut ce franchissement volontaire du Rubicon, cet *alea jacta est*, après quoi plus rien n'est comme avant. (Vous raconterez plus tard comment tout ce qui vous est arrivé de beau et de grand a dépendu de ce moment décisif). Alors, vous éclipsant peu avant minuit dans votre chambre en laissant votre maman devant la télévision où l'on s'apprête à fêter toujours de la même manière l'événement, comme s'il y avait autre chose à en attendre qu'un changement de présentateurs, vous inventez, seul au monde, de franchir la nouvelle année sur la tête, les pieds en l'air (ce qui n'est pas, loin s'en faut votre spécialité – vous vous êtes même écroulé devant le jury lors des épreuves de gymnastique du baccalauréat –, de sorte que, pour ne pas compromettre votre avenir, vous vous aidez du mur, ce même mur que, quelques années auparavant, votre mère a martelé de ses poings en appelant l'oncle Emile à son secours, comme si décidément il existait là un passage secret, une ouverture pour une évasion), mais sûr ainsi, par ce renversement de perspective, d'inverser le cours des choses, que la tristesse se changera en joie, l'inaction en aventures et la solitude en galantes compagnies. Vous reposez maintenant sur la tête, le front écrasé, les bras tremblants à tenter de maintenir cet équilibre sommaire, les pieds tout là-haut, comme saint Pierre sur sa croix, le marcheur céleste, à compter les douze coups fatidiques qui sonnent au clocher du village, hésitant à retomber sur terre après le douzième, de crainte que votre prophétie ne fasse long feu, que le dessus de lit jaune à fleurs, et le plancher couvert d'un linoléum rouge, et la représentation accrochée au-dessus de l'oreiller du « Déjeuner sur l'herbe » où des hommes habillés ont cette chance incroyable de pique-niquer avec des femmes nues, et l'applique murale tout en plastique et lignes géométriques que vous avez souhaitée ardemment parce qu'elle vous semblait faire preuve d'un goût résolument contemporain, et le lavabo, et la commode bricolée par vos soins pour démontrer que vous pouviez faire aussi bien que votre père, n'aient pas saisi l'ampleur du changement en cours. Ce dont effectivement vous commencez à douter lorsque, après que vous avez réintégré la cuisine, s'inquiétant de votre absence et découvrant votre visage congestionné qui n'a pas eu encore le temps de se vider de son sang, votre mère s'inquiète : tu es malade ? Avant, en réponse à votre moue bougonne, de vous souhaiter une bonne santé pour l'année en cours. Et vous lui en voulez, quand elle ne vous a rien demandé, ni n'a exigé à aucun moment votre présence, vous lui en voulez d'avoir déjà remis le cours de choses sur sa pente naturelle et désolée.

Nous pourrions presque dater la sortie de son long tunnel, il suffirait de consulter les registres de l'état civil, de repérer celui-là, l'ancien comptable qui venait de mourir, et affirmer que de ce moment notre mère a basculé de l'autre côté de sa vie. Mais une sortie joyeuse après dix années de traversée du chagrin, ponctuée par un rire inextinguible, un rire inondé de lumière, saluant son retour parmi le monde des vivants, alors que revenant de rendre une visite au défunt, après avoir attendu la fermeture du magasin pour participer à la veillée funèbre, elle essayait de nous expliquer, entre deux hoquets hilares qu'elle tentait d'étouffer en posant trois doigts sur la bouche, qu'à la place du mort, exposé sur son lit, ventripotent, massif, tel que nous l'avions connu, elle avait cru voir, à la faveur de la pénombre sans doute, mais avant, qu'on lui rappelle qui est qui dans le couple formé par les célèbres duettistes américains, alors, si Laurel est le petit maigre, c'est bien Hardy qui reposait sur la couche mortuaire, et, de l'instant où la ressemblance lui était apparue, il lui avait été presque impossible de garder son sérieux, alors que les uns et les autres qui selon la tradition s'étaient déplacés pour dire un dernier adieu au disparu, affectaient une mine de circonstance, elle, obligée de choisir un coin d'ombre dans la chambre faiblement éclairée par la flamme tremblotante des deux candélabres placés à la tête du lit, faisant semblant de céder courtoisement sa place à un arrivant pour mieux se retirer et en arrière essayer de comprimer ce fou rire qui la gagnait à mesure qu'elle imaginait le toujours très sérieux Oliver Hardy affrontant une situation aussi délicate que sa propre mort, se demandant comment il allait s'en sortir, car enfin il était impensable qu'un plan fixe aussi long ne s'achevât pas par un formidable pied de nez, une plume échappée de l'oreiller, volant sous le nez du gros homme, déclenchant un gigantesque éternuement qui plonge la pièce dans le noir en soufflant les bougies, ou encore le même se redressant brusquement sur son lit après que celui-ci s'est effondré sous son poids. Mais le plus dur était pour la suite, cette gravité qu'elle devait afficher au moment de se porter à la hauteur de la fille du défunt, Thérèse, effondrée, sonnée par le départ de celui qu'elle n'avait jamais quitté, qui l'avait peut-être dissuadée de le faire, mais ce n'était pas une raison pour paraître se réjouir de sa disparition. Et maintenant elle se mord devant nous les joues. Où l'on comprend la difficulté de l'opération qui consiste à égrener devant l'éplorée un chapelet de formules de condoléances bien senties sans paraître s'en fiche comme d'une guigne, alors qu'il vous vient à l'esprit que le défunt est encore plus gros mort que vivant, et du coup nous voilà gagnés par le même fou rire, suspendus aux lèvres de notre mère dont on attend que tombe l'expression même de la consolation, mais c'est plus fort qu'elle, et, à nouveau secouée d'un formidable éclat de rire, elle nous explique que ce n'est pas fini, que Thérèse, aussi volumineuse que son père, enveloppée dans ce qui semblait être le rideau du salon mais qui était en fait une robe, avait forcé sur le maquillage, et le rimmel se mêlant à ses larmes dessinant autour de ses yeux le faciès d'un mineur de fond, elle s'était dit au moment de l'embrasser, alors qu'elle était parvenue un instant plus tôt à se faire une très plausible tête d'enterrement : mon Dieu, la folle de Chaillot, et là nous n'en pouvons plus, c'en est trop, la joie nous gagne, alimentée par cette figure arborant la foi du charbonnier.

Et que fit-elle alors ? Comment t'y es-tu prise, maman, pour justifier cette inexplicable accès de franche gaieté en un moment pareil ? Car, personnellement, si nous devions écrire la suite d'un tel scénario, nous ne verrions pas d'autre solution pour tirer d'affaire l'héroïne que de déclencher les sirènes d'alarme au-dessus du village assombri, le faire survoler bientôt par une armada de forteresses volantes, et lâcher des chapelets de bombes que l'on verrait s'affaler devant le disque jaune de la lune comme des moucherons sur le drap tendu où le faisceau d'un projecteur dessine un cercle lumineux, éventrer la place, ouvrir un puits sous la pompe à main plantée en son centre, déraciner les trois peupliers qui délimitent le petit square, enfouir le monument aux morts dans un entonnoir, le recouvrir de terre, projeter en l'air le panneau de la station-service Azur, labourer la rue principale, incendier la mairie et ses registres, décapiter le moignon du clocher de l'église en attente depuis trois quarts de siècle de sa flèche, faire retentir au passage les cloches, détraquer la pendule de l'oncle Emile, souffler les vitraux – ce qui, du moins pour l'un d'entre eux, s'est produit le seize septembre mil neuf cent quarante-trois lorsqu'un bombardier américain de retour de sa mission mortifère sur Nantes, moteur en flammes, sans doute atteint par un tir de la DCA, s'écrasa à proximité du bourg, entre la ferme et l'école des frères où s'étendait alors des terres en friche, un morceau de la carlingue projeté à plusieurs dizaines de mètres pulvérisant le vitrail de la Passion, et, comme du tas de ferraille de l'appareil ressortit quasi indemne le mitrailleur, celui-ci en remerciement ou en actions de grâce offrit quelques années plus tard un présent à l'église que l'on peut admirer encore, qui nous vaut trois lignes dans les guides touristiques et quelquefois le sourire étonné de quelques curieux détournés du chemin des plages pour admirer notre merveille incongrue, un vitrail, bien sûr, destiné à remplacer l'ancien, où dans le groupe des femmes au pied de la croix on remarque une princesse indienne identifiable à son bandeau dans les cheveux, sa robe de peau et ses mocassins aux pieds, près desquels glisse un serpent, ce qui, quand on connaît un peu la vie de celui qui domine la situation du haut de son arbre symbolique, a de quoi surprendre, car enfin, s'il marcha sur les eaux, Jésus n'en profita pas pour découvrir l'Amérique, d'où l'on se dit alors que le maître-verrier est un iconoclaste ou qu'il aura perdu la raison. Mais non, il respecte la volonté du mitrailleur volant qui, avant que l'avion ne s'écrase, avait appelé sa mère à son secours, qui est donc cette femme indienne d'une tribu du sud du pays, ce que dit le serpent à ses pieds, qui n'est pas la figure du mal que l'on doit rageusement piétiner mais l'éclair qui se fait chair après qu'il a en zigzaguant relié le ciel à la terre, elle est là, la mère indienne salvatrice, qui comme Marie assiste son fils au moment où il s'apprête à mourir, décidée coûte que coûte à le tirer de cette mauvaise passe, sauf qu'elle, elle l'en tire. Et pour qu'on n'oublie pas à quelle circonstance nous devons ce vitrail audacieux, en arrière du Golgotha, incrusté dans le flanc d'une colline ocre qui ressemble à une mesa, on distingue l'empennage d'un avion, qui forme d'ailleurs une petite croix, comme celle d'un larron exilé, rejeté, à qui l'on aurait refusé cet honneur de former la garde rapprochée du Sauveur, interdisant bras écartés à quiconque de s'approcher. Mais, que vous ne vouliez pas de moi, peu m'importe, arrangez-vous avec vos textes et votre conscience, semble dire le miraculé, tandis qu'au-dessus des restes de l'avion tournoie dans le bleu du vitrail ce qui doit être un aigle : voyez, je suis venu avec mon espérance. Même si le grand Esprit déployant ses ailes sur les siens ne se montra pas non plus d'une grande efficacité au moment de s'opposer au massacre de son peuple. Mais l'on sait, et l'époque le confirmait encore, que les maîtres du Mystère ont des moyens de prévention limités.

Là, c'était notre mère qu'il s'agissait de tirer d'embarras, laquelle va éclater de rire au nez de la Walkyrie endeuillée si les sirènes d'alarme ne précipitent pas tout ce petit monde éploré à la cave. En quoi nous n'avons plus à nous inquiéter, elle connaît le chemin, maintenant. Elle n'a plus besoin de son gentil cousin pour la prendre par la main et l'entraîner dans les tréfonds. Et donc, ouf, ils sont sauvés. Sauf qu'à ce moment, alors que tout le monde reprend son souffle et commente d'un regard circulaire ébahi la cave du disparu dont on mesure mieux ce que son embonpoint lui doit, alors que le bourg tremble comme un grand corps frigorifié sous le feu des charges explosives et que s'entrechoquent les bouteilles alignées par centaines, alors que l'idée germe peu à peu qu'en sa mémoire on pourrait peut-être déboucher une de ces appellations délicieuses que l'on réserve pour les grands événements – et celui-là en est un –, quelqu'un, un moraliste, sans doute, s'avise : mon Dieu, c'est affreux. Quoi ? Ne soyons pas plus royaliste que le roi, objecte celui qui salive déjà en déchiffrant, bouteille en main, une étiquette. Ce n'est pas ça, dit l'autre, pointant son doigt vers le plafond qui oscille sous une déflagration : on a oublié le mort. Et là vous devinez la stupeur qui s'empare des enterrés, et puis, après un temps de silence, quelqu'un remarque que de toute façon il ne craint plus grand-chose, et là le fou rire qui commence à gagner l'assistance comme une puce sautant de l'un à l'autre, ce qui donne un bon prétexte à notre maman, son tour venu, pour laisser enfin librement éclater sa joie.

Mais, en fait, ce n'est pas de la sorte qu'elle se sortit de son embarrassante situation. Elle ne s'y prit pas comme ce seize septembre mil neuf cent quarante-trois où, pour libérer Edmond Dantès de sa prison, elle déversa une pluie de cendres sur Nantes. Elle opta pour un scénario plus simple en se blottissant soudainement contre la poitrine de la diva éplorée, et, le nez dans un pli du rideau du salon qui lui servait de robe, camoufla son explosion d'hilarité derrière ce qui pouvait passer pour un sanglot. Thérèse ajoutant bruyamment ses larmes à ce concert de pleureuses, qui délayèrent encore un peu plus le charbon autour de ses yeux, après deux ou trois mots échangés par lesquels on comprenait qu'elles se comprenaient et qu'il était inutile d'en dire davantage, notre maman s'esquivait bientôt en toute impunité, et à peine dehors profitait de la pénombre entre deux lampadaires pour lancer son grand rire jusqu'aux étoiles.

Mais pour nous, vous imaginez. Cette joie bruyamment exprimée signait notre bon de sortie. Elle disait que la blessure de mort s'était refermée, mais qu'en se refermant elle avait modifié la vision de la revenante, comme si le chagrin en se retirant avait laissé sur son visage la cicatrice de l'homme qui rit, comme si dès lors à ses yeux plus rien n'avait vraiment d'importance des petits malheurs de l'existence, et qu'à l'aune de ce qu'elle avait traversé rien ne se pouvait comparer, c'est-à-dire rien de tout ce qui relevait des catastrophes bénignes ordinaires dont on se plaît à exagérer le trait, en forme d'exorcisme ou pour attirer l'attention, de sorte qu'à partir de ce moment ne comptez plus l'attendrir avec une panne de bicyclette, un panaris ou le lait qui a mal tourné. Elle est intraitable, ne laisse rien passer. Après l'exposé de leurs déconvenues, contrairement à l'effet qu'ils en attendent, tous se doivent de joindre un sourire contrit à la joie de la petite dame attentive et moyennement marrie qui les dévisage : celui qui un jour de pluie entre dans le magasin dégoulinant, avec une tête de chien battu, qu'elle accueille d'un mon pauvre monsieur qu'est-ce qui vous arrive, en stoppant sa course et portant déjà trois doigts devant sa bouche, celui-là qui tente de lui expliquer qu'ayant perdu les clés de sa voiture il a été embarqué par les gendarmes après qu'ils l'eurent surpris à forcer la serrure de sa portière, cet autre qui débarque avec un pansement sur le front parce que rasoir en main il a glissé sur le sol carrelé de sa salle de bains, cet autre encore qui se propose d'offrir à son épouse un vase et qui arrête son choix sur un saladier en avançant qu'il lui suffira de couper les tiges. Car ce sont surtout les hommes qui font les frais de ses pointes moqueuses. Ce qui est une façon d'exprimer sa solidarité féminine, jamais prise en défaut, et de régler peut-être quelques comptes.

Autant de récits que nous écoutions à chacun de nos passages, qu'elle commençait toujours de la même façon, en partant de très loin, avec cet incipit obligé : j'étais au magasin. Où, par exemple, elle préparait un paquet pour madame Un tel destiné à sa nièce, qui devait épouser un garçon qu'elle avait rencontré dans un hôtel d'une station des Alpes où elle faisait la saison d'hiver, et dont le directeur avait été dans le même régiment que son oncle, à Nancy, d'où il avait rapporté des bergamotes, qui avaient fait la joie de sa grand-mère, laquelle avait succombé peu après, non pas victime d'une indigestion mais d'un excès de sommeil d'où elle n'était jamais sortie, mais déjà nous manifestons notre impatience, oui, bon, d'accord, expédions les préambules, venons-en au fait, car pour nous appâter elle nous a annoncé une histoire étonnante, que l'on devine drôle à cette façon gourmande de dire : vous ne me croirez pas, quand elle n'a jamais dû mentir de sa vie, sauf ce seize septembre mil neuf cent quarante-trois où elle sécha son cours de comptabilité pour les beaux yeux de Pierre-Richard Wilm, ce qui, au vu des conséquences, dut la dégoûter à jamais du moindre écart avec la vérité, mais devant nos protestations elle s'énerve un peu, se vexe, lèvres pincées et menton tremblant, comme si nous lui coupions ses effets, alors que chaque étape de son histoire a son importance, et que, si nous manquons la grand-mère, les bergamotes et Courchevel, nous ne comprendrons rien à ce qui va suivre, d'où l'intérêt de bien se mettre dans la tête qu'après avoir emballé le cadeau pour la nièce elle avait fermé le magasin, car il était plus de sept heures trente, et entrepris de vider sa caisse, tout en pensant à ne pas oublier de passer commande d'une assiette motif fruit de la passion aux Etablissements du Roi de la porcelaine. Sinon, ce n'est même pas la peine. Elle préfère arrêter tout de suite. Soit, reprenons. Donc, tu étais dans le magasin.

Le magasin, c'est son repaire, son antre, son lieu de rencontres et d'échanges, son ouverture au monde, son bureau des pleurs et des joies, son fief, sa vraie vie. Chaque jour de la semaine, moins le dimanche après-midi et le lundi, elle y reçoit. Elle en est le centre immobile et toujours en mouvement, sorte de quartz vibrant qui donne la mesure du temps. L'univers gravite autour. Sans doute a-t-elle rêvé un jour d'une autre vie, mais le destin, qu'elle ne discute pas, l'a posée là, d'où elle n'a pas du tout l'intention de partir. Il n'y aura que la mort pour l'en chasser, qu'elle tient à distance après l'avoir déjà repoussée, comme elle repousse l'idée d'une possible retraite. Puisque le temps lui a été chichement compté, elle a mis au point une stratégie pour en ralentir la marche, qui consiste à répéter rituellement les mêmes gestes, sans ostentation, sans se laisser divertir par de lointaines projections dans le futur, simplement portée par la nécessité du travail à faire, et à bien faire, comme elle lave la vaisselle, repasse le linge, range ses armoires, effectue de petits travaux de couture, remplit ses bordereaux, aligne ses colonnes de chiffres, confectionne ses étiquettes qu'elle découpe dans des boîtes de carton blanc qu'elle réserve à cet usage, écrivant avec une application d'élève modèle le prix, la nature de l'article, la référence, ne manifestant aucun signe d'impatience quand la main pourrait s'accorder une faiblesse, rien qui dans ses gestes pourraient dénoncer la fatigue ou la volonté empressée d'en finir, aucun soupir, l'humeur toujours égale dès lors qu'elle est à la tâche, neutre, pleinement à ce qu'elle fait tout en gardant l'esprit détaché, lâchant négligemment, tandis qu'on la croit absorbée par ses comptes : je mangerais bien une glace, en faisant un petit bruit humide avec sa bouche, tout en sachant qu'il n'y en a pas, mais c'est une information que nous pouvons éventuellement retenir pour un autre jour, ou bien, alors qu'elle épluche une laitue et que sans ménagement elle élimine les feuilles vertes qu'elle arrache à grands gestes pour ne conserver que le cœur blanc et tendre : on n'est pas des lapins, lâche-t-elle avant de ponctuer sa remarque d'un éclat de rire. Ce qui la préserve, cette pensée vagabonde, du travers des solitaires qui ont une idée bien arrêtée sur tout, n'en démordent jamais et ont une fâcheuse tendance à ne pas s'écarter d'un millimètre de leur ordonnancement minutieux. Au lieu qu'elle, cette application qu'elle met à l'ouvrage s'accompagne d'un désordre tentaculaire qui surprend le visiteur obligé d'écarter des piles de dossiers s'il veut s'asseoir dans son bureau, qu'elle gère sans même y prendre garde quand elle est la seule à s'y retrouver, et qui résulte de cette volonté de ne pas faire de plans à long terme.

Ainsi son système est bien verrouillé. Nul ne peut prétendre la remplacer au pied levé, faute de comprendre quoi que ce soit à son curieux sens du rangement. Et, comme elle refuse d'envisager un futur, s'attachant à résoudre les problèmes au jour le jour à mesure qu'ils apparaissent sans chercher à les anticiper, l'installation provisoire est la brique fondamentale de son univers : étagères rajoutées, composées de cartons empilés recouverts d'un plastique adhésif dont le seul mérite esthétique est d'utiliser une fin de rouleau, comme les marins pêcheurs repeignent leur barque avec des fonds de pots de peinture, socles bricolés avec des mesures récupérées dans les barils de lessive pour rehausser à l'arrière d'une étagère un vase ou un petit sujet style Pompadour, les mêmes barils, précieusement conservés et maquillés, servant de présentoir aux manches à balais, rouleaux de papier-cadeau, chutes de toiles cirées, de stèles pour une boîte remplie d'éponges ou de sachets de boules antimites. Partout des fiches volantes, des notes éparses sur d'anciennes enveloppes dépliées qu'elle utilise comme brouillons, des trombones distordus aux fonctions multiples, des dévidoirs de rubans adhésifs reconvertis en presse-papiers, des petites boîtes sans couvercle qui ramassent tout ce qui traîne, des punaises aux étiquettes d'articles vendus, en passant par les attaches en plastique translucide rigidifiées par deux minces fils métalliques parallèles, les élastiques multicolores depuis qu'ils ne se contentent plus de la teinte caoutchouc orange cramoisi, les vis et les écrous provenant de poignées de casseroles, un ressort d'épingle à linge, des capuchons de stylos, des aiguilles, des crochets bricolés-maison, une lame de rasoir, un cadran de montre, un verre de lunettes, et autant de minuscules objets non identifiés.

A-t-elle du mal à ranger ses papiers dans son bureau (elle garde tout, factures, agendas, bons de commande, de livraison, prospectus, catalogues, souches de chéquiers, relevés de comptes – il n'en manque pas un seul depuis les débuts du magasin –, calendriers grand format offerts par ses fournisseurs, almanachs des postes présentant la collection complète des chatons, fleurs, châteaux, sur un demi-siècle, cartes de vœux, bordereaux, enveloppes récupérées, carbones usagés, horaires de train Paris-Nantes depuis la guerre) que, pour faire face à cette prolifération, elle investit dans des meubles de bureau successifs, un petit classeur s'empilant sur le précédent commandé un an plus tôt, l'un en bois, l'autre en carton, et ainsi de suite, au coup par coup, jusqu'à voir son territoire rétrécir peu à peu comme sous l'effet d'une moisissure polymorphe. Et, bien sûr, cette quête d'immobilisation du temps ne se limite pas au bureau. Armoires et buffets débordent d'objets inutilisés depuis longtemps mais qu'elle se refuse à considérer comme périmés. On ne sait jamais. (Ainsi les costumes de notre père, quand elle pensa à les donner, bien qu'ils n'eussent pas été décrochés de leurs cintres depuis trente ans, le tissu en était devenu raide, craquant, comme une vieille bâche exposée aux intempéries. Quant à la vaisselle, nous avons la malchance de récupérer tout ce qui n'est plus bon à la vente : une tasse amputée de son anse, un vase ébréché, des verres dépareillés, une théière sans couvercle, un ensemble sel-poivre sans la salière). C'est son côté écureuil, savoir, non pas la figure de l'épargnant, mais le brouillon affairé qui, à force de multiplier les caches pour ses provisions d'hiver, finit lui-même par les oublier. Ce qui ménage des surprises : en cherchant tout autre chose on tombe sur un stock d'enveloppes, de fiches cartonnées, de crayons achetés par boites, voire sur un carnet de timbres (celui-là pour les collectionneurs, le prix affiché n'étant plus d'actualité). Ce qui ne vous autorise pas, cette preuve que tout n'est pas parfait dans son rangement, à faire la moindre remarque. Voulez-vous la fâcher ? Proposez-lui un grand nettoyage par le vide. Vous la verrez instantanément se fermer, faire la tortue romaine, et marmonner quelque chose qui vous dissuade de vous mêler de ce qui, très justement, ne vous regarde pas.

La vision à long terme, c'était notre père. C'est lui qui décide d'agrandir le magasin, d'annexer les caves et d'en faire un sous-sol, ce qui pouvait sembler étrange à l'aube des années soixante dans un bourg de campagne. Mais lui ne se soucie pas d'arrêter le temps. Il veut au contraire se dépêcher d'aller voir plus avant si quelquefois ce ne serait pas plus intéressant pour lui, si ses mérites n'y seraient pas davantage reconnus. Regardez-le, le grand homme, qui tente de caser ses talents et ses rêveries dans ce que la vie lui a concédé, commandant à un faïencier de Quimper une série de cendriers sur lesquels il avait fait inscrire : *Pour vos cadeaux / Maison Rouaud*. Au nom de quelle résignation devrait-il se contenter de cet univers étriqué ? Alors il s'évade, parcourt la Bretagne et, dans la chaleur moite de sa voiture empuantie par la fumée de ses Gitanes, il élabore ses grands projets pour la maison, le jardin, le magasin. Il n'a pas eu droit aux lumières de la ville ? En familier du « Bossu » et de sa fière devise, il fait venir la ville à lui : deux étages qui feront comme un grand magasin. A peine a-t-il fait le tour de son nouvel emploi qu'il veut en changer. Décide-t-il soudain de déplacer une cloison qu'il s'empare d'un marteau et à dix heures du soir entreprend de l'abattre. A côté de ce mouvement perpétuel, imaginez celle qui voit la vie comme un lac tranquille. Dans son sillage elle suit, renâcle un peu, mais ne dit rien.

A la mort de notre grand timonier il y a deux projets en suspens. A l'arrière, le jardin et son plan versaillais avec chaos rocheux, cascades et parterres de roses, et, à l'avant, le remodelage, commandé à un architecte, de la façade. Présenté sur une large feuille de papier Canson noire punaisée sur une planche de contreplaqué, tout en surface vitrée rendue par des nuances gris-bleu, fuselé par la perspective, comme si son point de fuite se situait quelque part vers le haut de la place du côté du café-tabac de Marie Régent, fronton jaune et seuil noir, lettres rouges en relief annonçant Vaisselles-Cadeaux, notre vieux magasin après cette cure de jouvence est méconnaissable. On ne pourra plus à cette enseigne nous soupçonner d'arriération. Nous sautons de plain-pied dans la modernité. Nous voilà propulsés à la pointe du progrès. Mais, à trop vouloir brûler les étapes, notre homme pressé s'épuise. Parti de trop loin. A force de bousculer le temps, le temps va soudainement lui manquer, qui se dérobe sous ses pieds un lendemain de Noël. Dès lors, comme pour ces chambres mausolées que l'on condamne, où a vécu le grand homme, où la poussière est pieusement conservée comme s'il s'agissait de ses cendres, on ne touche plus à rien. Le temps s'arrête, se met en pause. Les deux projets seront enterrés avec lui. Les pierres rapportées de Bretagne disparaîtront bientôt sous les hautes herbes dans le fond du jardin, que nous redécouvrions à chaque épandage d'un désherbant, et le dessin de l'architecte sera remisé dans l'armoire à vêtements, sa planche nous servant à l'occasion pour agencer nos puzzles de plus de trois cents pièces.

En évoquant parfois ce qu'eût été le magasin si son concepteur avait vécu, c'est-à-dire tout autre chose qu'on ne saurait imaginer, sans doute ne serait-il resté plus rien de la maison d'habitation, entièrement squattée par ses rêves de grandeur, et nous logés Dieu sait où, notre mère qui ne voulait pas paraître en reste glissait parfois en soupirant : ah, si j'avais dix ans de moins, déclinant à haute voix l'usage qu'elle eût fait de ces trois mille six cent cinquante-deux jours, au cours desquels elle eût acheté la demeure voisine, percé le mur mitoyen, créé un vaste ensemble dans lequel elle eût ajouté tout ce qui concerne l'installation d'un jeune ménage, hors l'ameublement et l'électroménager, développant un nouveau secteur autour des arts de la table. Mais elle ne semblait pas y croire vraiment. On avait beau jeu de lui rappeler que dix ans plus tôt, au moment où elle exprimait déjà ses regrets dans les mêmes termes, elle avait ses dix ans de moins qui lui faisaient défaut aujourd'hui. Au vrai, il fallait surtout comprendre que c'était une façon de couper court aux éventuels reproches qu'on pouvait lui faire concernant l'état de conservation avancé et la vétusté de son magasin.

Bien que semblant préoccupée de poursuivre le grand œuvre que, selon son analyse, seul le temps et un passage de témoin trop tardif l'avaient empêchée de mener à bien, elle est philosophiquement à l'opposé de la conception paternelle. Elle, la clé de voûte de son système, c'est que chaque jour se répète à l'identique, savoir : neuf heures sonnent au clocher de l'église, elle repose précipitamment sa tasse de café au lait sur la table et, tout en s'essuyant la bouche avec sa serviette, court ouvrir la porte de son magasin. La journée est lancée. A partir de quoi elle tolère quelques principes d'incertitude liés au temps qu'il fait, à la saison et à l'incidence de ces facteurs et de quelques autres sur la fréquentation. Tout ce qui vient rompre cette savante monotonie orchestrée autour des heures d'ouverture de son commerce est considéré comme une intrusion brutale risquant d'introduire le virus du temps dans ce laborieux exercice de surplace. Ce qui, de fait, ne permet pas de se lancer dans une politique de grands travaux dont on attend à plus ou moins longue échéance des changements radicaux. D'où aussi ses réactions violentes quand survenait quoi que ce soit l'obligeant à reconsidérer l'ordre de ses jours : une visite impromptue ou même annoncée, ce qui pour le dérangement revient au même, une invitation la contraignant à abandonner, fût-ce pour un après-midi, sa maison, l'arrivée d'une nouvelle figure dans le cercle familial, voire l'annonce d'une naissance à venir. Ne comptez pas qu'elle se réjouisse avec vous de ce qui vous semble heureux, dès lors que l'événement contrarie ses plans. Elle n'est pas du genre à se précipiter à la maternité pour découvrir ses petits-enfants – ou le lundi, son jour de fermeture. Sa réaction première est de manifester son mécontentement face à tout ce qui risque d'entraîner un bouleversement dans sa vie aux règles quasi monastiques. Et, comme elle ne sait pas exprimer sa colère par un éclat net et tranchant, cela se traduit par des réflexions bougonnes, maladroites (d'ailleurs je sais très bien, ou : ne me faites pas dire ce que je n'ai pas dit), blessantes quelquefois, accompagnées d'une moue ostensible, yeux baissés et sourcils froncés. Le temps qu'elle intègre la nouvelle donne à son univers, quelques semaines tout au plus, et puis tout recommence.

Il n'y a que certains dimanches après-midi qu'elle fait connaissance avec l'ennui, où, pour peu qu'elle n'ait plus rien à faire, ce qui est rarissime, elle s'assoit dans un fauteuil de la salle à manger, écoutant vaguement de la musique, la tête en appui sur une main, en regardant par la fenêtre la vigne vierge qui envahit le mur d'en face. Ce qui l'effraie un peu, ce vide soudain, et ne l'incite guère à envisager de mettre un terme à ses activités. Pour le reste, toutes ses journées sont remplies à ras bords. Même si le minutage, hors les heures d'ouverture, en est assez lâche – elle est d'ailleurs fâchée avec ses réveils qui n'arrivent pas à se mettre d'accord entre eux –, elle veille à observer un certain rituel. Le vendredi soir, par exemple, est consacré à sa mise en plis. Cuisine rangée, après s'être shampouinée, elle s'installe en bout de table, serviette posée sur ses épaules comme un châle, dispose devant elle un miroir rectangulaire sur pied qu'elle incline de manière à suivre ses gestes et qu'elle bloque comme elle peut, car il n'en finit pas de glisser (si bien qu'elle range le miroir avec le livre qui lui sert à le caler), puis elle entreprend mèche après mèche de poser ses bigoudis qu'elle enroule et fixe avec une grosse épingle en plastique, tout en jetant de temps en temps un œil à la télévision. Après quoi elle se coiffe d'une sorte de turban de mamamouchi et branche le sèche-cheveux qui gonfle l'étrange coiffure à la manière d'une montgolfière. De ce moment, elle croise les bras et s'essaie à suivre ce qui se dit et dont sous son casque ne lui parvient qu'un mot sur deux, de sorte qu'elle a parfois du mal à saisir les subtilités d'un débat télévisé. Si nous sommes là, il lui semble toujours qu'on profite de sa surdité passagère pour se moquer d'elle et du fait qu'elle a compris de travers, alors elle coupe le moteur du sèche-cheveux, se vexe un peu et change de sujet : vous n'avez pas trop chaud ? Ce qui signifie qu'elle étouffe sous son casque qui, faute de souffle, retombe comme une montre molle, et que pour rien au monde elle ne voudrait passer pour avoir des exigences. Mais, si jamais nous étions d'accord pour aérer, elle ne s'y opposerait pas. C'est sa façon contournée d'exprimer un souhait.

De même, l'année s'articule autour de quelques événements cycliques, comme à la Toussaint les fleurs artificielles qui soudain envahissent les deux étages du magasin, ou à la fin de l'été les bocaux de verre pour les mises en conserve. Mais les deux grandes fêtes qui mobilisent toute son attention et son énergie, qu'elle prépare en s'ingéniant à acheter en conséquence, en prévoyant notamment des articles à petits prix pour les maigres tirelires des enfants, ce sont Noël et la Fête des mères. Toute la semaine précédente, les clients se sont bousculés, qu'il a fallu conseiller, orienter, et parfois habilement dissuader quand, connaissant le goût de l'épouse, vous êtes sûr que ça lui plaira ? à qui d'autres fois il convient de rafraîchir la mémoire en rappelant que, l'an passé, ne lui avez-vous pas déjà offert un presse-purée ? tout en développant devant chacun le même immuable argumentaire qui consiste d'abord à demander à celui-là s'il a une quelconque idée sur la nature du présent. Non ? Ce n'est pas grave, nous sommes là pour ça, et voyez notre maman qui se plie en quatre, qui cherche ce qui pourrait bien faire l'affaire, connaissant madame X et les moyens très moyens de monsieur X, et qui donc amène doucement ce dernier à arrêter son choix sur ce qui est dans ses cordes, en essayant de combiner article utilitaire et esthétique, à renoncer à ce qui ne s'impose pas vraiment, comme un seau à glace à qui ne possède pas de réfrigérateur, à prôner des mesures d'économie quand une différence de prix entre deux objets quasi identiques mais de marques différentes à ses yeux ne se justifie pas, ça vous fera le même usage, et d'ailleurs, ce qui constitue la botte secrète de sa stratégie commerciale, vous pourrez toujours échanger si ça ne convient pas. Elle jongle ainsi de client en client, demandant à l'un de réfléchir pendant qu'elle s'occupe d'un autre, plaçant un troisième devant le rayon des plateaux à fromage, courant chercher dans l'entrepôt du jardin le carton correspondant au service à thé choisi par un quatrième, questionnant à son retour l'homme aux plateaux à fromage qui hésite encore, descendant au sous-sol emballer le service à thé, entendant celui-là, une fois qu'elle a fini de coller l'étiquette Joyeux Noël sur le beau papier-cadeau, préférer plutôt un service à café, s'il n'est pas trop tard, mais non, il n'est jamais trop tard, elle remonte en courant, repart dans l'entrepôt, la tête dans les épaules, sans jamais montrer le moindre signe d'exaspération, sauf quand on semble la prendre de haut, ce qui arrive quelquefois, avec des femmes de passage qui prennent des airs de citadines, feignent de s'extasier qu'on puisse trouver une telle « boutique » dans un endroit pareil, ce qui agace prodigieusement notre mère, qui se flatte, souvenir de son père et des visiteurs de sa jeunesse, de connaître la vraie distinction et ne se laisse pas abuser par ces péronnelles.

Elle, elle a pris une fois pour toutes le parti des plus humbles. Puisqu'on l'a mise là, elle a épousé leur cause, comme un Robin des Bois dans sa forêt de Sherwood. Ils sont la raison d'être de son action. Si elle fait preuve d'une même aménité à l'égard de tous ceux qui poussent sa porte, elle est d'abord là pour ceux-là qui n'osent s'aventurer dans les beaux quartiers, intimidés par les beaux magasins et leurs mentors. Et les beaux quartiers commencent tôt pour eux, c'est-à-dire au-delà des deux mille habitants de notre cité, catégorie qui englobe les deux villes voisines lesquelles, doublant ce score, en profitent pour se doter d'un quasi-statut de capitales. En prenant la tête de cette croisade, elle renonce donc à tout ce qui pourrait rehausser son prestige, les coquetteries, les bibelots chics, les marques prestigieuses, la clientèle pseudo-distinguée, pour s'adapter au goût parfois incertain des plus modestes obligés de composer avec le peu qu'ils ont, forcés de trouver des qualités esthétiques à ce qui demeure dans leurs possibilités. Habituée à faire ses choix à travers leurs yeux, elle avoue parfois de ne plus savoir ce qui lui plaît vraiment. Tel objet est-il beau ou laid, ce n'est pas à elle d'en décider dès lors que s'illumine le visage de celui-là qui ne pensait pas y avoir droit. Ce qui l'amène à rogner sur ses marges bénéficiaires, ne s'accordant que de quoi assurer son indépendance et la pérennité de son affaire, deux choses à quoi elle tient par-dessus tout. Le profit, elle s'en moque, n'imaginant même pas que certains puissent penser à s'enrichir sur le dos des humbles. Elle marche essentiellement à la reconnaissance (ce qui nous vaut à chacune de nos visites d'entendre, dressée par elle, c'est sa faiblesse, la liste des louanges que lui adressent ses fidèles et qui tournent toujours autour des mêmes thèmes : le choix étendu de ses articles, leurs prix défiant toute concurrence, sa gentillesse et sa compétence). Forte de ces retours encourageants, aucun commentaire hautain sur ses activités ne la ferait changer d'un pouce sa ligne. Elle mène ainsi obstinément sa révolution silencieuse. (Il faut l'entendre commenter les images d'une manifestation ouvrière qui a dégénéré, avec vitrines brisées, voitures incendiées et affrontement avec les forces de l'ordre : les pauvres gens, on les pousse à bout – et elle ne parle pas des agents de la sécurité publique qui, passant à la contre-attaque, se déchaînent à tour de bras). C'est une femme dangereuse.

Sa hantise est que sa clientèle vieillisse avec elle, qu'on

espérance nouvelle. Par chance, c'est le département où l'on se marie le plus – reliquat des prêches de Louis-Marie Grignon de Montfort –, où l'on invite encore une nombreuse famille à se réjouir du bonheur des nouveaux mariés. Mais c'est un argument qui n'est pas recevable à ses yeux. Si les jeunes viennent en foule déposer dans son magasin leur liste de mariage, c'est grâce à ses seuls talents. Elle se métamorphose ainsi en une sorte de marieuse en second qui consolide les unions autour d'un service de table (si les deux prétendants ne parviennent pas à s'accorder sur le décor d'une assiette, elle ne donne pas cher de leur avenir commun), de sorte que, si l'on se marie encore, il n'est pas exagéré de penser que c'est pour avoir affaire à elle et dire à toute la noce que cette femme est décidément unique, sur qui le temps ne semble pas avoir de prise.

lui demande ce même produit qui faisait merveille il y a trente ans et qu'on ne trouve plus que chez elle. Ce qui l'amènerait immédiatement à mettre la clé sous la porte (elle ne se fait aucune illusion sur l'avenir que lui vaudrait le fait de se retirer des affaires : on me saluerait les premiers temps, on me demanderait de mes nouvelles, si je ne m'ennuie pas trop et ensuite, les générations se renouvellent vite, qui se souviendrait de moi ?). Pour éviter ce type de désagrément propre à tout système, elle a inventé de se transformer en docteur Faust. Pour garder la jeunesse, c'est un classique, rien de tel. Faust passe un pacte avec le diable pour séduire Marguerite. Elle, ce sera avec l'Eglise qui sanctifie l'union des couples. Avec un vrai partage des rôles : à la religion, les sacrements et les serments de fidélité, à son magasin, le temporel et les listes de mariage. Du coup, elle a la jeunesse avec elle. Une jeunesse éternelle puisque renouvelable. Elle reçoit les futurs époux en tête à tête, passe de longs moment en leur compagnie, les invitant à venir le lundi, jour de fermeture, afin de n'être pas dérangés, les sonde, les écoute, établit une liste idéale où personne ne sera floué et, par ses conseils judicieux, ses fines suggestions, démontre qu'elle a l'esprit aussi jeune qu'eux. Qu'ensuite ils prennent de l'âge, rejoignent la cohorte des assis, ce n'est pas son problème. La relève ne faiblit pas, qu'elle trouve encore plus passionnante que la précédente, de sorte qu'on ne comprend pas pourquoi le monde pris dans ce vertige exponentiel ne paraît jamais profiter de cette

Vous parlez avec elle. C'est plus facile maintenant que vous avez décidé qu'elle ne vous énerverait plus, même si les propos échangés sont les mêmes qui, il n'y a pas si longtemps, vous faisaient bouillir. Ses manies, au lieu qu'elles vous irritent, à présent vous amusent. Enfin, un peu. C'est-à-dire qu'il ne faut pas trop pousser, mais vous avez renoncé à l'en faire changer. Vous acceptez que, quelle que soit l'heure tardive, il est vain de tenter de la convaincre de remettre au lendemain le lavage de la vaisselle, parce qu'après tout elle n'a pas tout à fait tort lorsqu'elle affirme qu'une table encombrée des vestiges du repas de la veille lui gâche le plaisir du petit déjeuner. Et donc à deux heures du matin vous supportez qu'elle vous fasse une remarque à propos de cette buée légère sur un verre que vous avez entrepris de laver selon ses canons, c'est-à-dire la verrerie en premier lieu, puis la porcelaine, les couverts et enfin les ustensiles de cuisine. Vous supportez, alors que vous cherchez à lui éviter une corvée, qu'elle demeure derrière vous à distiller ses commentaires sur votre drôle de façon de faire. Autrefois, vous auriez planté sur-le-champ la vaisselle, avec une formule du genre puisque c'est comme ça, en laissant votre mère stupéfaite, mais enfin qu'est-ce que je lui ai dit ? comme si vraiment vous étiez d'une susceptibilité excessive, et qu'on ne pouvait jamais vous faire la moindre remarque. Mais c'est fini maintenant. Vous avez décrété unilatéralement une sorte de paix des braves, en étant bien conscient que la bravoure est de son côté. Vous avez soldé les derniers arriérés, les ultimes ressentiments. Elle a vécu sa vie, et de son point de vue elle a fait de son mieux. Au nom de quoi lui chercher noise ? Le temps qui reste à passer ensemble nous est forcément compté. Alors on ne va pas se chamailler sous prétexte qu'il y a longtemps elle aurait dit ci ou ça, dû faire ci plutôt que ça. Considérons simplement que, quand on naît Annick Brégeau, un cinq juillet mil neuf cent vingt-deux à Riaillé Loire-Inférieure, ça permet certaines choses, et pas d'autres. Ça permet, par exemple, de réussir à élever seule trois enfants de neuf, onze et quatorze ans alors qu'on se retrouve veuve à quarante et un ans, et que cela semble bien tôt pour se mettre en congé de la vie. Ça permet aussi, aux commandes d'un petit commerce de campagne spécialisé en articles de ménage, de tenir tête à quinze hypermarchés concentrés dans un périmètre d'une trentaine de kilomètres, ce qui, ce cas d'école, ce pied-de-nez aux fondamentaux de l'économie, dénote un caractère bien trempé au service d'un vrai sens des affaires. Ce qui, mon tout, n'est pas rien, d'autant que nul n'eut à s'en plaindre. Et sans doute, pas même le disparu du vingt-six décembre. Son petit Loup aura fait du beau travail.

Comme elle a le sentiment de n'avoir pas eu tout à fait son compte, elle a décidé qu'il n'était pas encore l'heure de prendre une décision concernant la cessation de ses activités. Aussi longtemps que la jeunesse propagera son nom avec gourmandise de bouche à oreille à travers tout le canton, tant que son cerveau emmagasinera qui se propose d'offrir quoi à qui (elle mène jusqu'à dix listes de mariage en même temps, ce qui l'oblige à composer avec plus d'un millier d'invités), tant que ses jambes la porteront à la vitesse d'un courant d'air entre le magasin et l'entrepôt, lui feront avaler cent fois par jour les escaliers qui mènent au sous-sol, elle ne voit pas de raison claire de mettre la clé sous la porte, et surtout pas celle-là qui stipulerait, au nom d'on ne sait quel décret, que passé un certain âge il faut passer la main. On ne sait d'ailleurs plus si ce qui la motive c'est le plaisir qu'elle trouve à la bonne marche de ses affaires ou bien ce défi qu'elle lance à tous ceux qui aimeraient bien la voir arrêter. Car, enfin, vous n'allez pas pouvoir continuer longtemps comme ça. Elle hoche doucement la tête, répond évasivement que bien sûr, un jour, on verra, l'année prochaine, peut-être. Visiblement, ça dérange, cet entêtement, ce refus de se plier aux normes. La retraite ? Jamais, a-t-elle répondu une fois. Ce qui ne manquait pas de superbe. Mais elle sait bien que toutes les choses ont une fin. C'était d'abord, cette réplique théâtrale, de la pure malice, pour la joie de contempler l'air dépité de qui la poussait dans ses retranchements. La décision d'arrêter se prendrait-elle, un matin, à l'heure du petit déjeuner, au moment où sonnent neuf heures au clocher, c'est-à-dire qu'au lieu de se précipiter pour ouvrir la porte du magasin, elle resterait assise calmement à tremper sa tartine beurrée dans son café au lait, tout en détaillant la page Avis de décès de son quotidien, voilà qui sans doute correspondrait mieux à sa façon de faire. De ce moment elle basculerait dans sa nouvelle vie, sans une plainte, sans manifester le moindre regret, se soumettant à ce nouvel ordre des choses, balayant trente années d'immersion complète d'un c'est du passé, n'en parlons plus. L'empêchement à cette résolution idéale, c'est qu'elle ne peut plier boutique comme un vendeur ambulant qui, à la vue d'un contrôleur, relève précipitamment les quatre coins de la nappe, posée à même le sol, qui lui sert d'étal, et, son baluchon sur le dos, s'éloigne sans demander son reste.

Notre maman, son magasin replié dans un grand mouchoir noué passé à l'extrémité d'un bâton, s'éloignant comme Charlot, de dos, partant rejoindre son grand Joseph dans l'au-delà, tandis que le disque de lumière se rétrécit pour se réduire à un point, c'est sûr qu'un tel final nous plairait. Lumière, applaudissements, la salle debout où l'on reconnaît ses petits mariés, et nous, au dernier rang, pleurant dans nos mouchoirs, et bientôt gagnés par un fou rire, car Charlot, tout de même, imaginant notre maman, de l'autre côté de l'écran, plus feu follet que jamais se livrant à une série d'entrechats, voilà qui cadrerait bien. Mais la réalité est plus délicate. La décision d'arrêter son affaire devait se prendre bien en amont et impliquait une série d'humiliations : stopper les achats, renvoyer bredouilles les représentants de commerce, voir peu à peu les rayons se vider, les clients trouver de moins en moins leur fortune, repartir déçus, propager la mauvaise nouvelle, et du coup l'impensable, l'insoutenable : notre maman seule au milieu des invendables de son magasin. Et puis, ce qui équivalait à un quasi-arrêt de mort pour elle : renoncer une première fois à enregistrer la demande de deux petits fiancés entrant pleins d'espérance dans cette caverne d'Ali Baba. Ils ont la vie devant eux, ils ne demandent qu'à la partager avec elle, et délibérément elle doit renoncer à cette transfusion de jeunesse. Autant dire, ce jour-là, c'est cuit.

Alors que longtemps vous avez essayé de vous en mêler, de donner votre avis, d'envisager des solutions qu'elle rejetait en bougonnant (car le magasin et la maison ne font qu'un, comment abandonner l'un sans quitter l'autre ? elle vous fait comprendre en secouant la tête que comme d'habitude vous ne comprenez rien à rien), il vous apparaît enfin que le mieux est de la laisser faire, à son idée, comme elle le sent, et de ne plus l'embêter avec ces histoires. Comme vous l'aidez à déballer l'un des volumineux cartons apportés par un livreur, écartant les virgules de polystyrène qui servent à caler la marchandise, vous lui faites remarquer que si elle tenait une mercerie ce serait plus simple, tout de même, du coup elle pourrait envisager sans problème de continuer jusqu'à quatre-vingt-dix ans. Oui, mais ça, tout le monde peut le faire, répond-elle, à son habitude lapidaire, dévoilant ainsi l'un des ressorts de son incessante activité. Entendu, maman. Arrivera ce qui devra arriver.

Simplement, de visite en visite, vous surveillez la progression du temps sur la petite dame empressée. Tiendra-t-elle longtemps à ce rythme ? la mise en plis demeure, impeccable, mais ses cheveux sont immaculés maintenant, le dos se voûte, même si les petits pas continuent de marteler à vive allure le couloir qui mène à la cour. Curieusement, en dépit de ces signes évidents de vieillissement, la fatigue ne semble pas avoir de prise sur elle. Sans doute la dissimule-t-elle. Mais vous vous dites qu'elle a en elle ce fabuleux fond génétique qui a produit de quasi-centenaires. Peut-être est-ce le secret de son prodigieux ressort. Vous vous rangez à l'avis de votre jeune sœur qui prophétise que votre mère mourra comme Molière, en scène, c'est-à-dire qu'on la retrouvera un matin enlaçant sa caisse, ou étendue parmi les fleurs artificielles de la Toussaint. Nous tombons d'accord. Pour elle, ce serait la meilleure fin. Et pour nous un, oui, heureux dénouement à cette pièce dont nous entamons avec inquiétude l'épilogue.

Nous en avons pris notre parti. D'une année sur l'autre elle nous refera le même coup, renvoyant aux calendes grecques la remise des clés de son magasin. Si le cœur lui en dit, s'il tient, elle franchira le troisième millénaire sur ses petits talons. Inutile de lui faire la leçon, on la connaît, notre mouette rieuse : elle baissera la tête comme une pseudo-pénitente, marmonnera, et vous pourrez toujours causer. La décision d'arrêter ne viendra pas d'elle, on en est sûr, à présent, pas la peine d'y compter, alors, qu'est-ce qu'on fait ?

Il faut croire qu'on dut s'en alarmer en plus ou moins haut lieu, que ça énervait, ce mépris des lois du temps, cette superbe face à la vieillesse, et qu'un zélé se mit en tête d'en finir avec l'obstinée. On imagine une sorte de réunion de Wannzee à objectif unique où l'on débattit du sort de la récalcitrante. Les uns s'enflammant : puisqu'elle ne veut pas sortir de son magasin, il n'y a qu'à l'en déloger, les autres se chargeant de calmer le jeu : ne nous emballons pas, n'oublions pas qu'il s'agit d'une vieille dame, que nous lui devons le respect. Et elle ? est-ce qu'elle nous respecte, toujours à nous narguer derrière son comptoir ? Nous en connaissons qui à son âge ne savent pas quoi faire de leurs journées depuis plus de dix ans, trouvez-vous ça juste ? Abolissons les privilèges. De l'ennui pour tout le monde. Sans doute, et c'était bien la raison de cette réunion, mais jusqu'à présent on n'avait rien à lui reprocher, elle n'avait enfreint aucune loi ; ni, que l'on sache, tué personne. Voilà qui était vite dit : et son mari, mort mystérieusement à quarante et un ans, un lendemain de Noël ? et pas un homme chétif dont on craint qu'il ne passera pas l'hiver, une force, un chef. Ceux qui l'ont connu en parlent encore avec admiration. Il est inoubliable, cet homme, disent-ils. Que l'on m'explique comment l'on meurt à cet âge, sans crier gare ? D'autant qu'elle aurait aussi perdu un enfant. Du choléra. Du choléra, au vingtième siècle ? Pourquoi pas du mal des ardents ? Exhumons, perquisitionnons, plaçons les scellés et le tour est joué.

Le tour n'était pas joué. Il y avait prescription, selon un juriste. Plutôt demander à l'Indien d'écraser son bombardier sur la maison, et qu'on n'en parle plus. Ce qui n'allait pas cependant sans poser un autre problème : la maison étant située près de l'église, l'explosion ne manquerait pas de souffler l'ensemble des vitraux, avec le risque cette fois qu'on nous remplace la Cène par un pow-wow et la Pentecôte par la Danse des Esprits. Alors quoi ? est-ce à dire que nous allons en reprendre pour mille ans ? devons-nous nous résigner ? capituler devant cette incarnation du mouvement perpétuel ? car, si l'on n'agit pas immédiatement, elle sera là encore pour recevoir la liste de mariage de Louis Trente-huit avec la reine des nuits du Mexique. Il y aurait bien une solution, avança prudemment quelqu'un. Oui ? Un siège. Un siège, vous voulez dire, comme à Alésia ? On imagine le stratège imperator prenant son temps et, après avoir lancé un jet de fumée de sa cigarette vers le plafond, opinant doctement du chef : comme à Alésia.

C'est ainsi qu'un matin frais d'automne trois pelles mécaniques prirent position devant le magasin. Des jouets d'enfants surdimensionnés, jaunes sales, bien campés sur leurs chenilles, comme de puissantes catapultes, qui entreprirent de défoncer la rue et le trottoir, en plantant leur râtelier d'acier dans l'asphalte, arrachant des plaques de bitume, découvrant les sols anciens, les épluchant comme des pelures d'oignons, de sorte qu'à mesure qu'ils s'enfonçaient on découvrait un empilement de strates, comme autant de pages grand format du livre d'histoire de la commune, se lisant de haut en bas, avec les fondations noircies de l'église incendiée, le sang rose des Vendéens en déroute massacrés sur une croûte de givre qui, selon les témoins, donnait à la colline l'éclat d'un rubis, l'empreinte pieuse des pas de Louis-Marie Grignon de Montfort, lequel, à la suite d'une de ses colères légendaires, fit retirer de l'église tous les inhumés prestigieux, dont son grand-oncle Eustache, natif du bourg, comme de vulgaires marchands du temple, des crânes vikings encore ivres d'ambroisie, le reflet d'une dent de saint Victor dans une goutte d'eau de sa fontaine miraculeuse, une couche de ce vent tombé qui le soir venu ruina les espoirs des Vénètes, encalminant leurs navires aux voiles de cuir, les livrant à la furia des galères romaines, et puis plus bas encore un bras de Loire égaré dans les sables de la mer, où peut-être eut lieu la fameuse bataille, car on montre non loin de là une butte de César d'où le généralissime aurait suivi les opérations, et enfin tout au fond, au plus loin dans le temps, un filet fossile d'océan sur un lit de nacre. Mais, du coup, notre mère, cernée par ces douves sèches que creusaient les pelles mécaniques, prise au piège, se retrouvait prisonnière en sa maison. La stratégie césarienne appliquée à la lettre la condamnait à s'organiser seule à l'intérieur de son magasin déserté dont les murs vibraient sous les coups de boutoir des caterpillars. Les verres s'entrechoquaient sur les étagères, tintaient, glissaient millimètre par millimètre, si bien que parfois, sans qu'on sache pourquoi, comme dans une maison hantée, l'un basculait dans le vide et s'écrasait au sol, se brisant en mille morceaux qu'elle ramassait courbée avec une balayette et une pelle à poussière sans manche que bien sûr elle ne se décidait pas à changer, avant de se précipiter dans le bureau et de passer commande d'un modèle semblable afin de ne pas dépareiller son service.

On avait devant sa porte jeté deux planches au-dessus du gouffre, sorte de judas, pour qu'elle puisse sortir se ravitailler. Notre maman de soixante-treize ans, franchissant ce pont de lianes sur ses petits talons, vaillante comme toujours, allant conter ses malheurs chez les commerçants sinistrés et revenant précipitamment avec ses provisions, de quoi tenir un siège, attendre les clients. Mais son empressement n'était pas de mise. Ils étaient peu nombreux – un funambule, un acrobate, ou un nageur distrait qui pensait avoir reconnu en ces planches au-dessus du vide un plongeoir – à se risquer sur ce pont-levis branlant, et d'autant moins que l'ensemble du bourg à présent était éventré, transformé en carrière à ciel ouvert, comme si notre mitrailleur indien avait pris cette fois la grand-place pour cible, creusant avec son bombardier un cratère au beau milieu de notre agora, gigantesque opération destinée à redonner un coup de jeune au vieux pays, au point que, comme pour une anesthésie générale, la circulation avait été détournée, qui évitait à présent la colline inspirée, rendue au silence des ruines, et, ô ironie cruelle, les arguments que notre mère avaient mis en avant pendant des années pour expliquer son succès se retournaient contre elle.

Lors des semaines fabuleuses précédant Noël et la Fête des mères, alors que le soir, en bout de table, elle se livrait à son exercice de comptabilité favori qui consistait à faire l'inventaire des chèques récoltés dans la journée, elle se plaisait, tout en s'attendrissant sur elle-même (cela en fait des ventes, des pas, des paroles), à en décliner les provenances, dessinant ainsi une carte géographique de sa clientèle qui outrepassait largement les limites du canton, ne pouvant se retenir de triompher lorsque, chèque en main, elle tenait la preuve de l'excellence de son affaire, un client domicilié à Nantes, Nantes, notre capitale, gavée de commerces en tous genres, Nantes, l'ultime recours, où l'on trouve justement ce qui fait défaut ailleurs, de sorte qu'un Nantais venant faire ses emplettes chez nous, c'est le monde à l'envers, le soleil qui se lève à l'ouest, le fleuve qui remonte à sa source et la pluie vers les nuages. Ce qui secrètement nous réjouissait, même si devant elle nous feignions l'ennui quand elle entonnait son refrain sur les mérites de son commerce, agacés par cette antienne à laquelle on ne coupait pas, sorte de droit de visite que nous devions acquitter avant d'être autorisés à aborder d'autres sujets, même si loin d'elle nous étions ses plus fervents apologistes. Mais c'était ce ton surtout qu'elle prenait pour tenter de mettre en avant ses qualités de commerçante hors pair sachant mêler humanité et sens des affaires, esprit d'initiative et bilan de fin d'année, compassion et coup d'œil, ce que lui reconnaissait ses plus fervents adeptes dont elle nous rapportait maladroitement les propos flatteurs à son sujet, se dressant une couronne de lauriers dont elle n'osait se coiffer de crainte du ridicule et qu'on l'accuse de manquer de simplicité, si bien que, concernant le chaland nantais, nous minimisions l'événement en soulignant, par exemple, un lien de parenté avec telle famille du pays, à quoi elle répliquait que si celui-là, aussi au fait des affaires, avait choisi de venir chez elle, ce n'était pas par défaut, mais en connaissance de cause, ce qui accroissait encore son avantage, la sacrait reine dans sa catégorie : cadeaux, listes de mariage, mettant KO tous les orgueilleux prétendants de la grand-ville, et c'est alors qu'elle sortait de sa manche une carte décisive : d'ailleurs un monsieur très bien, avec beaucoup de classe.

Car si elle avait adopté la cause des plus humbles, ce qui la confortait dans son choix c'était que de temps en temps un homme ou une femme distingués franchissent le seuil de son magasin, en vantent sincèrement devant elle l'abondance et la sûreté du goût, affirmant n'avoir jamais rien vu de semblable, et n'imaginant pas tomber sur une telle merveille en un tel endroit (d'autant qu'elle se montrait très sensible à la distinction masculine, qui passait par un port droit, une élégance naturelle et un parfait savoir-vivre – Louis Jourdan, par exemple, un peu plus connu que Jean Tissier pour quelques apparitions hollywoodiennes). Mais ceux-là désormais qui formaient sa clientèle périphérique étaient interdits d'accès par les travaux de terrassements, repoussés par les divisions de pelles blindées, détournés au pied de la colline. Enfermée dans sa citadelle, Anne, sœur Anne, ne voyait rien venir. Elle désespérait après sa cavalerie gauloise, celle qui devait briser l'étau, ouvrir une brèche à travers les lignes de fortifications et la sauver du dépérissement.

Ce qui entrait dans son magasin, c'était surtout la poussière qui recouvrait la marchandise d'une fine pellicule blanche qu'elle entreprenait chaque jour d'épousseter, et qui se redéposait le lendemain, la contraignant à reprendre son chiffon. Pour rien, en fait, sinon comme le soldat d'un fortin isolé continuant d'astiquer ses armes dans l'ignorance de la fin de la guerre, car le barrage était quasi imperméable. Mais imperméable, pas tout à fait : bientôt, à la suite de pluies abondantes, c'est l'eau qui envahit son sous-sol, endommageant une partie de sa marchandise, et c'est comme si de ce moment ses ultimes défenses avaient sauté. Nous livrant un inventaire détaillé de ses malheurs présents, dénonçant le complot dont elle se sentait la victime désignée, donnant des noms, rageant contre son impuissance et le sort injuste qui s'acharnait contre elle, pour la première fois, notre vaillante pleura au téléphone. Elle qui avait le sentiment d'avoir définitivement vaincu l'adversité, au point parfois de se montrer sévère avec ceux qui ne trouvaient pas en eux la force de se ressaisir, voyait soudain la maîtrise des événements lui échapper. Elle subissait. Cette capacité à faire le gros dos, c'est-à-dire, pour elle, faire la moue et n'en penser pas moins, cette arme dont elle avait usé au cours de sa marche triomphale de femme seule, soudain se révélait inefficace tandis qu'elle épongeait, vidait des bassines, surélevait toute sa marchandise sur des plots de polystyrène de manière à prévenir les risques d'une nouvelle inondation, étendant sur toute la surface du sous-sol des matelas de journaux, calfeutrant d'improbables brèches, bourrant de chiffons le moindre interstice sous les panneaux verticaux d'Isorel perforé qui habillent les vieux murs, et dès lors guettant avec inquiétude la prochaine averse pour tester ses dérisoires défenses. Laquelle, en ces mois sombres, ne tardait pas à tomber, qui la tenait éveillée jusqu'au milieu de la nuit, tandis qu'assise dans son lit elle l'entendait battre contre la fenêtre de sa chambre, remettant à l'heure de son lever de découvrir l'étendue des dégâts. De nouveau l'eau s'était sournoisement invitée, composant maintenant une boue de papier avec les journaux étalés sur le sol, un magma de nouvelles sinistrées dont elle remplissait de grands sacs-poubelle qu'elle entassait dans l'entrepôt comme de précieuses pièces à charge. Elle qui ne supportait pas que l'on mît en doute sa bonne foi, ne savait plus à quel saint se vouer quand après avoir lancé plusieurs appels au secours, exposé sa situation, demandé que des personnes autorisées franchissent les lignes de fortifications pour constater la véracité de ses dires, on la renvoyait de responsables en responsables, d'un cabinet d'assurances à l'autre, chacun se lavant les mains avec toute cette eau pirate qui jaillissait comme une source prodigue dans le sous-sol de sa maison.

A chaque inondation ses forces l'abandonnaient davantage. Il y eut quelques charitables, des commandos d'élite, qui franchirent les lignes pour l'aider dans son pénible écopage et retardèrent un peu l'échéance, mais au son affligé de sa voix nous sentions qu'elle touchait à ses limites et que le miracle d'une seconde résurrection ne se reproduirait pas. Les fêtes de Noël dans son magasin déserté qui la privait de son triomphe annuel, ce fut comme un coup de grâce. Tout ce mauvais sang qu'elle s'était fait finit par l'empoisonner. Au moment où tombaient les analyses fatales, on leva le siège sur un bourg flambant neuf. Nouveau décor pour une nouvelle pièce dont il était couru d'avance qu'elle se jouerait sans elle.

Ce sang frais de la jeunesse qui, il n'y a pas si longtemps encore, la maintenait en vie et dont elle avait été sevrée pendant les travaux de réfection du village, on le lui injectait maintenant au cours de longues séances de transfusion où elle réservait ses sanglots à ses voisins de lit, ceux qui souffraient plus qu'elle, ou n'avaient pas l'âge de telles épreuves, ou dont elle estimait, même à situation égale, que son infortune en comparaison était moins grande. De sorte qu'au retour de ces pénibles séances elle s'interdisait la moindre plainte pour elle-même, passant désormais ses journées allongée, elle, notre vif-argent, trop faible pour seulement tourner les pages d'un livre, immobile, les yeux ouverts à fixer le plafond de la chambre, semblant y projeter le film de ses pensées, réactiver ses souvenirs, un détail lui revenant dont parfois elle faisait part au visiteur de passage s'asseyant dans le fauteuil près du lit pour lui tenir un moment compagnie, échanger quelques mots avec elle qui n'évoquait la perspective proche de sa disparition qu'aux membres les plus lointains de son entourage, par exemple une amie d'enfance in extremis retrouvée, qui haussait les épaules quand sa vieille complice de Françoise d'Amboise se laissait aller à ses pensées les plus noires, s'essayant pour la convaincre à une vaine dialectique : tu sais bien que les médecins se trompent souvent, ces mêmes médecins dont en même temps elle affirmait qu'ils la tireraient d'affaire.

Au retour de l'hôpital, son masque blanc retrouvait provisoirement un peu de couleur, mais pour un laps de temps de plus en plus court, comme si son organisme affolé brûlait de plus en plus vite ses réserves d'énergie, l'obligeant à des séances de transfusion sanguine de plus en plus rapprochée pour un scénario dont nous connaissions le déroulement. Car cette femme amaigrie, vieillie, qui a déjà la pâleur de la mort et qui est votre mère, vous savez que le temps qu'il vous reste à passer auprès d'elle vous est désormais compté. Vous êtes prévenu. On vous a fixé l'échéance. A quelques semaines près, bientôt vous devrez apprendre à vivre sans elle. Ce compagnonnage de la première heure va s'interrompre, amorçant une autre vie dont vous n'avez pas idée. Jusque-là, vous avez eu beau lutter longtemps contre cette évidence, il vous faut bien admettre que dans tout ce que vous avez fait vous avez veillé, sinon à lui complaire, du moins à ne pas lui déplaire. Ce qui jette un interdit puissant sur bon nombre d'actions. Ce qui balise le cours d'une existence au point que parfois on se demande ce qu'eût été cette vie sans cet œil intérieur qui épie chacun de nos mouvements et se fronce soudain au plus petit écart. Les réveillons de l'adolescence eussent sans doute été plus joyeux où l'on profite des douze coups de minuit pour embrasser les filles, au lieu de passer sur la tête le passage d'une année à l'autre en espérant que la nouvelle ne ressemblera pas à la précédente. Et plus légers les premiers pas de l'âge d'homme sans cette surcharge pondérale de tristesse que vous avez prélevée sur ses épaules dans l'espoir d'adoucir sa peine et dont vous sentez bien qu'elle vous condamne à une sorte de course en sac. Mais vous avez pris sur vous de ne pas ajouter à son chagrin. Ce qui rend votre marge de manœuvre étroite, d'autant que son idéal de vie ressemble à une mer étale où la moindre risée devient source de contrariété. Ce qui signifie qu'il n'y a pas de salut pour vous hors la grisaille du quotidien, ce qui signifie qu'il n'y a pas de salut. Alors vous étouffez les vagues en vous, ravalez les déferlantes. Vous êtes cet insecte qui court sur l'eau en traçant de minuscules cercles concentriques à la surface de l'étang, comme des points d'acupuncture, écriture de pattes de mouche qui s'applique à ne pas brouiller le grand miroir.

Un exemple : vous écrivez sur votre père dont la mort prématurée vous oblige à reconstituer la haute figure avec des morceaux qui, semble-t-il, auront du mal à s'assembler. D'un côté, vous avez gardé le souvenir d'un homme autoritaire qui vous faisait un peu peur et, de l'autre, tous les témoignages après sa disparition vous renvoient l'image d'un camarade chaleureux, drôle, généreux, inventif, qui paraît avoir vivement impressionné ses contemporains. Lui, un drôle ? Vous voulez rire. Alors, vous entreprenez patiemment de marier les contraires. Vous partez à sa découverte. Sans rien demander, les témoignages affluent d'eux-mêmes. Vous apprenez ainsi l'existence d'une fiancée officielle avant l'irruption dans sa vie de votre mère. Du coup, il vous revient que, de fait, lorsque vous étiez enfant, elle ne ratait jamais une occasion de débiner sa rivale, ce qui ne manquait pas de vous étonner, car vous la trouviez plutôt sympathique. Quand tardivement vous découvrez le pot aux roses, cette aigreur revancharde vous amuse. Bien entendu, au moment de présenter cette histoire, bien camouflée dans les plis du roman, vous faites très attention à ne pas froisser la susceptibilité de votre mère. Vous présentez la chose de telle sorte qu'il vous paraît improbable qu'elle en prenne ombrage. Au final, sous les bombardements, c'est même elle qui triomphe, du haut de son mètre cinquante, emportant l'amour du grand Joseph au nez de la belle opulente. Vous vous adressez même directement à elle pour une sorte d'hommage. Sortant de votre réserve, vous l'apostrophez, vous lui enjoignez de s'abriter alors que les bombes explosent autour d'elle, mettant non seulement sa vie en danger mais du même coup la vôtre, car, pour écrire ces pages, il vous faut impérativement naître, c'est le b a ba, pas de maman, pas de roman, à quoi ressemblerait cette non-écriture d'une non-vie ? Alors, vite, suis bien ton cousin, il est de Nantes et connaît les abris, ne demeure pas prostrée d'effroi sur le trottoir au milieu de ce déluge de pierres et de feu, il faut que tu sois bien en vie et aussi ravissante quand tu vas, c'est pour bientôt, sceller un pacte d'amour avec le grand jeune homme recherché qui joue sa vie dans les parages. Pour emporter sa décision vous lui soumettez même un marché, du genre : tu nous sauves et on entendra parler de nous. Vous n'êtes pas mécontent de votre trouvaille, et là, pas de doute, votre maman ne pourra qu'être émue. Du moins, c'est ce que vous croyez. En fait, pas du tout. C'est un silence glacé qui achève sa lecture. Vous pouvez même l'imaginer : moue ronchonnante et front buté. Allons bon, qu'est-ce que j'ai fait encore ?

Vos sœurs vous l'apprennent : c'est Emilienne, la blonde fiancée, qui ne passe pas. Comment l'a-t-elle reconnue ? Et d'ailleurs elle ignorait que vous étiez au courant. Mais votre maman bientôt vous le confirme, qui voit déjà sa rivale de toujours entrer furieuse dans le magasin, faire un esclandre, renverser sauvagement les étagères, lui jeter à la tête les services de verres, jouer aux soucoupes volantes avec les assiettes, et, au milieu des débris de notre belle vaisselle, deux vieilles dames de soixante-dix ans s'arrachant les yeux et les cheveux pour le compte d'un homme qu'elles s'étaient disputé cinquante ans plus tôt et mort depuis trente. Mais il est trop tard, bien sûr, pour modifier quoi que ce soit, sinon deux ou trois mots qui ne suffisent pas à escamoter le bel antécédent. Du coup, l'hommage final, il n'en est même pas question. Tout ce que votre mère trouve à dire, outre l'épisode incriminé, c'est qu'il vous n'étiez pas là, mais au collège, quand une lampe à pétrole oubliée fila au point de recouvrir le sous-sol du magasin d'une fine pellicule de suie, et que d'ailleurs votre père ne pouvait avoir pris la situation en main étant donné qu'au moment du sinistre il était mort, et qu'elle avait dû faire face seule, comme d'habitude, à la catastrophe.

Tant pis. Vous ne ferez pas mieux la prochaine fois, il y aura toujours quelque chose qui clochera. Pourquoi aussi attendre ce qui n'a pas de raison de venir ? Pourquoi chercher à tout prix à la convaincre ? Qu'est-ce que vous allez l'embêter avec vos histoires ? Bientôt vous travaillerez sans son regard, vous pourrez la faire entrer dans vos livres, quand vous la teniez à l'écart de vos manœuvres par crainte d'affronter sa réaction. Sans risque qu'elle vous contredise ou vous fasse la tête. Car bientôt elle ne lira plus vos lignes, la petite silhouette blafarde qui se vide inexorablement de son sang. De ce moment où vous avez su que son espérance de vie se calculait en semaines, chaque fois que vous essayez d'imaginer la vie sans elle, c'est comme un vertige qui vous prend. C'est même inimaginable. Vous avancez vers le vide et vous n'avez aucune idée de votre capacité à survivre en apesanteur. Même dans cet état, elle vous va, votre maman.

Plutôt que de se coiffer d'une perruque qui ne fait pas vraiment illusion, toujours de guingois, comme une casquette de travers sur la tête d'un homme ivre, pour camoufler la perte de ses cheveux, elle a préféré adopter un turban seyant qui la fait ressembler à Arletty. Quand elle se déplace à petits pas, les deux mains en avant prêtes à agripper un meuble ou à prendre appui contre une cloison, elle vous donne encore une leçon d'élégance et de tenue. Plus que cette rapide dégénérescence du corps physique, l'insoutenable est de croiser son regard qui vous interroge, qui dit qu'il sait, et qu'il sait que vous savez, et qui attend pourtant la parole miraculeuse qui réduira cette maladie de la mort à une mauvaise grippe dont on finira bien par se remettre, après quoi tout recommencera comme avant. Mais vous n'arrivez pas à dire les mots qui consolent, que d'ailleurs elle balaierait d'un haussement d'épaules, qui la feraient rire si elle en trouvait la force.

Vous êtes à côté d'elle qui entre maintenant en agonie. Vous êtes devant ce mystère, que vous ne parvenez toujours pas à vous enfoncer dans la tête : une formidable machine humaine dans quelques heures va s'arrêter de fonctionner. Elle, en grande organisatrice de ses jours, a tout prévu. Pas une facture qui ne soit réglée, pas un papier qui ne soit classé. Depuis quelques semaines elle a fait le ménage autour d'elle, ne voulant pas que ceux qui avaient assisté à son triomphe la voient ainsi. Elle a débranché le téléphone, fait dire qu'elle n'était là pour personne, que pour ses enfants. Ils sont là. Vos sœurs, comme toujours, impeccables, qui lui prennent tendrement la main, se penchent pour déposer un long baiser sur son front, lui murmurent des mots doux à l'oreille, quand même les autorités médicales vous ont expliqué qu'il était peu probable qu'elle les entende. Mais ils se trompent, bien sûr. Elles le sentent, qui humectent délicatement ses lèvres quand une grimace contracte son visage livide, qu'elles interprètent comme l'une des dernières paroles du Christ en croix. Votre maman n'est plus qu'une petite ride de vie sous les draps, et pourtant rien encore ne change. Elle est toujours parmi vous.

Vous – non, pas vous, moi, comme toujours aussi, emprunté, maladroit, au moment de la quitter essayant de lui faire passer une déclaration d'amour qui sonne aussi étrangement que les vœux de bonne année que je lui adressais quand nous passions la soirée du réveillon en tête à tête. Mais là, inutile de faire les pieds au mur, après, ce ne sera plus comme avant. Après commence quand, poussant la porte de sa chambre, vous êtes frappés par le silence qui y règne au lieu que quelques instants plus tôt elle résonnait du râle effrayant de la mourante, rauque, rapide au point qu'il était impossible de calquer votre respiration sur la sienne. Après, vous entendez votre sœur, face à ce grand silence, au corps immobile qui a déjà sur les lèvres le rictus moqueur des cadavres, pas si éloigné de celui qu'on lui connaissait, annoncer stupéfaite : elle est morte, comme si nous nous étions habitués à cette agonie et qu'elle ne devait jamais finir, comme si cette présence minimum nous était devenue acceptable, familière et qu'il n'y avait aucune raison, devant notre peu d'exigence, qu'on nous l'enlève. Et nous comprenons que notre mère défunte a profité de notre absence momentanée pour nous épargner ce dernier souffle, la poitrine qui s'affaisse et ne remonte plus, pour nous épargner l'effroi, le cri et les larmes. Mais c'est normal, jusqu'au bout c'est bien elle : surtout ne vous dérangez pas pour moi, mes petits enfants. Après, il vous semble continuer à vivre sans assistance respiratoire. Après, ce que vous éprouvez ressemble à un désœuvrement profond auquel aucun divertissement ne remédiera jamais. Après, vous regardez le téléphone en sachant qu'il n'y a plus personne à appeler, que vous n'y entendrez plus sa voix, et pourtant vous vous surprenez à tendre la main vers le combiné. Après, vous vous sentez, de fait, plus libre. La pression du regard intérieur s'atténue, même s'il est toujours là. Cette liberté nouvelle, vous ne savez trop cependant quoi en faire. Alors vous n'en faites rien, ou si peu : elle ne lira pas ces lignes, mais vous ne vous sentez pas pour autant autorisé à vous aventurer au-delà de cette moue bougonnante avec laquelle vous aviez pris l'habitude de composer. Après, vous êtes attentif à ce qui en vous vient directement d'elle. Un geste, une attitude, et c'est un bonheur de découvrir enfoui au cœur de vos cellules une part intacte, vivante, de votre mère. Après, vous épluchez une salade et, envoyant valser les grandes feuilles vertes bourrées de chlorophylle pour n'en garder que le cœur blanc gros comme un poing, vous lancez soudain à la cantonade : on n'est pas des lapins. Et vous sentez monter intérieurement comme une déferlante, un rire moqueur qui vous est familier. Pas de doute, c'est bien elle. Ah, je ris. Je ris de me voir.

CET OUVRAGE A ÉTÉ COMPOSÉ ET ACHEVÉ
D'IMPRIMER LE VINGT JANVIER MIL NEUF
CENT QUATRE-VINGT-DIX-HUIT DANS LES
ATELIERS DE NORMANDIE ROTO IMPRESSION S.A.
À LONRAI (61250) N° D'ÉDITEUR : 3220
N° D'IMPRIMEUR : 972240

Dépôt légal : février 1998